# キミと、いつか。

## “素直”になれなくて

宮下恵茉・作
染川ゆかり・絵



集英社みらい文庫

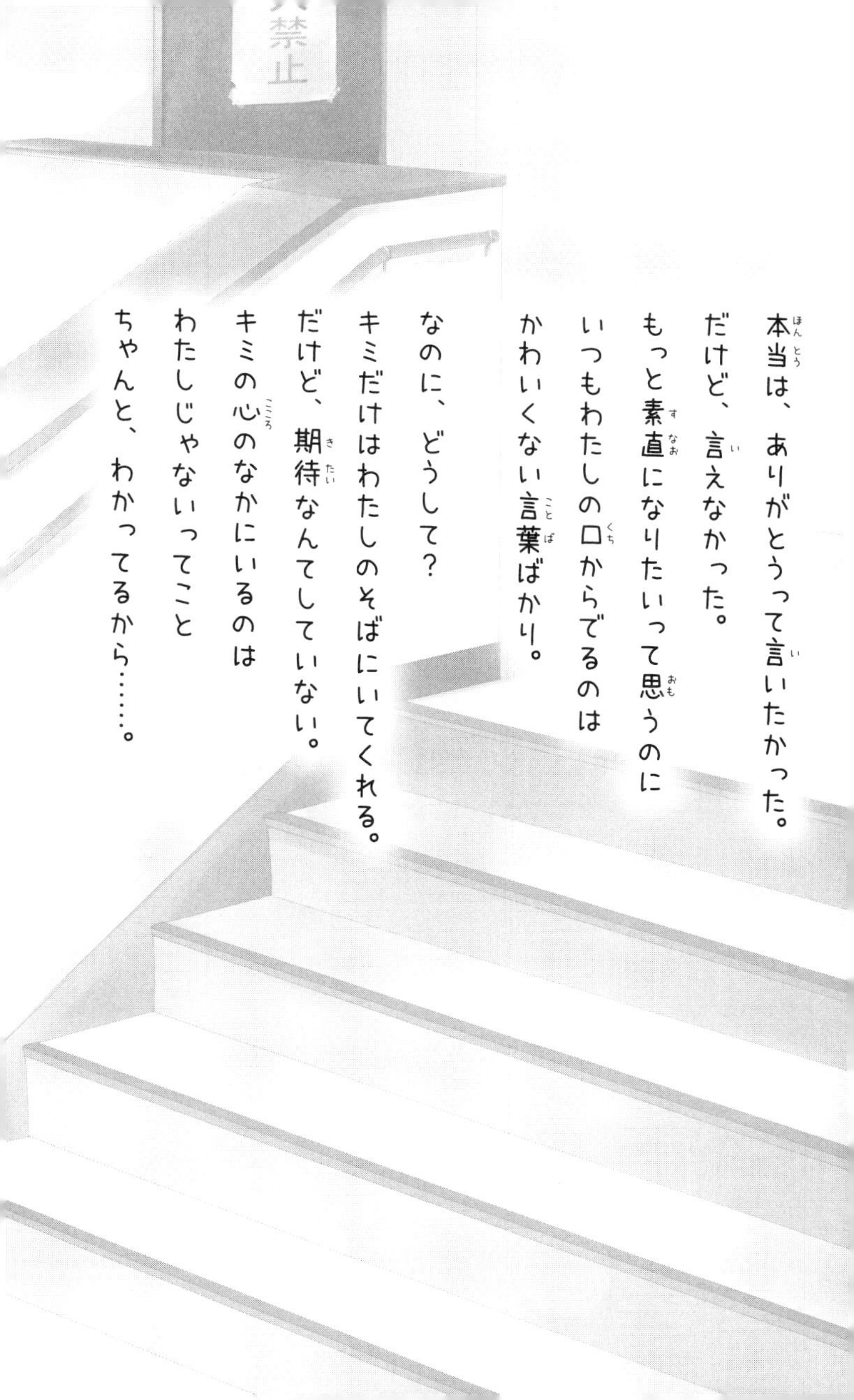


本当《ほんとう》は、ありがとうって言《い》いたかった。
だけど、言《い》えなかった。
もっと素直《すなお》になりたいって思《おも》うのに
いつもわたしの口《くち》からでるのは
かわいくない言葉《ことば》ばかり。

なのに、どうして？
キミだけはわたしのそばにいてくれる。
だけど、期待《きたい》なんてしていない。
キミの心《こころ》のなかにいるのは
わたしじゃないってこと
ちゃんと、わかってるから……。

## 目《もく》次《じ》&人《じん》物《ぶつ》紹《しょう》介《かい》

**足《あ》立《だち》夏《な》月《つき》**

あずみと入《はい》った
バレー部《ぶ》を辞《や》め、
莉《り》緒《お》と家庭科《かていか》
研究会《けんきゅうかい》を立《た》ち
あげた。

**恒《つね》川《かわ》あずみ**

中《ちゅう》1。夏月《なつき》と仲《なか》が
よかったが、
莉《り》緒《お》や若葉《わかば》への
いじわるが
きっかけで
孤立《こりつ》してしまう。

**辻《つじ》本《もと》莉《り》緒《お》**

あずみの
クラスメイト。
やさしくて、
ひっこみ思案《じあん》。

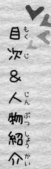

五十嵐《いがらし》翔《しょう》

中《ちゅう》1。サッカーのクラブチームに所属《しょぞく》。明《あか》るくさわやかで、女子人気《じょしにんき》が高《たか》い。

鳴《なる》尾《お》若《わか》葉《ば》

あずみのクラスメイト。さばさばした性格《せいかく》。バレー部《ぶ》所属《しょぞく》。

# あらすじ

わたしは教室《きょうしつ》にも

部活《ぶかつ》にも居場所《いばしょ》がない。

それもこれも、自分《じぶん》がした

**いじわる**が原因《げんいん》

なんだけど。

休《やす》み時間《じかん》は**秘密《ひみつ》の場所《ばしょ》**

で過《す》ごしてる。

そしたらある日、人気者《にんきもの》の

五十嵐《いがらし》がやってきた。

やっと見《み》つけた**居場所《いばしょ》**なのに……！

こんな中学来《ちゅうがくき》たくなかった。

受験《じゅけん》に合格《ごうかく》して、

**キラキラした中学生活《ちゅうがくせいかつ》**

を送《おく》るって信《しん》じてた。

大好《だいす》きな深田先生《ふかだせんせい》がいる塾《じゅく》へ通《かよ》っていたころは。

このままずっと**ひとりぼっち**なのかな。下校途中《げこうとちゅう》で偶然再会《ぐうぜんさいかい》した深田先生《ふかだせんせい》に、**いらいら**をぶつけちゃった――。

家《いえ》に帰《かえ》りたくなくて時間《じかん》をつぶしてたら、五十嵐《いがらし》が！

**――あれ？** おしゃべりしてたら気持《きも》ちがおちついてきた。

最初《さいしょ》は五十嵐《いがらし》のこと**苦手**《にがて》だったのに。

今《いま》だって、いっしょにいると

**調子**《ちょうし》**くるうっ！**

だけど……。

おまえ、そうやって笑《わら》ってたほうがいいぜ


あずみのなかで、じょじょに**五十嵐**《いがらし》**の存在**《そんざい》**が**大《おお》きくなりはじめて……!?

続《つづ》きは本文《ほんぶん》を楽《たの》しんでね❤

# 1 秘《ひ》密《みつ》の場《ば》所《しょ》

「……ごちそうさまでした」

手《て》を合《あ》わせてそうつぶやき、ふっと笑《わら》う。

(だれもいないのに、いちいちあいさつなんてして、バッカみたい)

あたたかな日《ひ》差《ざ》しが、踊《おど》り場《ば》の大《おお》きな窓《まど》から射《さ》しこむ。もう十月《がつ》も終《お》わりだというのに、制《せい》服《ふく》のジャケットを着《き》ているのが暑《あつ》いくらいだ。空《から》になったお弁《べん》当《とう》箱《ばこ》を手《て》早《ばや》くハンカチーフでつつみ、立《た》ちあがる。

(お昼《ひる》休《やす》み、あとどれくらいのこってるのかなあ)

階《かい》段《だん》を数《すう》段《だん》おりて、グラウンド側《がわ》の窓《まど》から外《そと》の時《と》計《けい》を見《み》ようとしたら、ちょうど体《たい》育《いく》館《かん》へと歩《ある》いていく女《じょ》子《し》の集《しゅう》団《だん》を見《み》かけた。ドキッとして窓《まど》からはなれる。

もしかして、昼《ひる》練《れん》にむかう女《じょ》子《し》バレーボール部《ぶ》の子《こ》たちかと思《おも》ったけど、ちがった。わたしと同《おな》じ一年《ねん》二組《くみ》の子《こ》たち。

まいまいこと林麻衣《はやしまい》、なるたんこと鳴尾若葉《なるおわかば》、それから足立夏月《あだちなつき》と辻本莉緒《つじもとりお》の四人組《よにんぐみ》だ。楽《たの》しそうにおしゃべりしながら歩《ある》いている。

五時間目《じかんめ》は、一組《くみ》と合同《ごうどう》の体育《たいいく》だ。きっと更衣室《こういしつ》が混《こ》む前《まえ》に、早《はや》めに着《き》がえようと移動《いどう》しているのだろう。

「あの四人《よにん》、また、つるんでる」

このつつじ台中学《だいちゅうがく》に入学《にゅうがく》してすぐのころ、わたし・恒川《つねかわ》あずみは、いつも夏月《なつき》といっしょにいた。休《やす》み時間《じかん》はもちろん、お昼休《ひるやす》み、それから部活《ぶかつ》も。だけど、夏月《なつき》はわたしからはなれていき、いっしょに入部《にゅうぶ》した女子《じょし》バレーボール部《ぶ》も退《たい》部《ぶ》してしまった。

そしていつの間《ま》にか、まいまいやなるたん、辻本《つじもと》さんと仲《なか》よくなって、今《いま》では親友《しんゆう》みたいな顔《かお》であの三人《にん》と行動《こうどう》を共《とも》にしている。

(ちゃっかりしてるよ。前《まえ》までわたしといっしょになって、辻本《つじもと》さんの悪口《わるくち》言《い》ってたくせにさ)

夏月《なつき》は最近《さいきん》、辻本《つじもと》さんとふたりで『家庭科研究会《かていかけんきゅうかい》』とかいう部活《ぶかつ》を立《た》ちあげたらしく、たまにクラスの子《こ》たちに手作《てづく》りのお菓子《かし》を配《くば》っている。

いっしょにいたころは、いつもわたしの顔色《かおいろ》をうかがってびくびくしているような子《こ》だったのに、今《いま》では別人《べつじん》みたいに毎日《まいにち》楽《たの》しそうだ。

「仲《なか》よしごっこでもしてれば？」

更衣室《こういしつ》へむかう四人《よにん》の背中《せなか》にむかってひとり、そうつぶやくと、階段《かいだん》を数段《すうだん》あがって腰《こし》かけた。その拍子《ひょうし》にポケットのなかでなにかがコツンと音《おと》を立《た》てる。

（あっ、そうだ。グラウンドの時計《とけい》なんて見《み》なくても、わたし、スマホ持《も》ってきてたんだっけ）

ポケットに手《て》を入《い》れて、ピンクのカバーがついたスマホを取《と》りだす。

南校舎《みなみこうしゃ》の四階《かい》から階段《かいだん》をあがると、グラウンド側《がわ》に大《おお》きな窓《まど》がある踊《おど》り場《ば》にでる。そこからさらに数段階段《すうだんかいだん》をあがったら、扉《とびら》に閉《と》ざされた空間《くうかん》がある。

夏《なつ》のはじめごろ、わたしは教室《きょうしつ》にいたくなくて、ひとりになれる場所《ばしょ》をさがした。

図書館《としょかん》や体育館《たいいくかん》の裏《うら》、中庭《なかにわ》のベンチなど、学校中《がっこうじゅう》のいろんな場所《ばしょ》に行《い》ってみたけど、どこへ行《い》ってもそこにはいつもだれかがいる。あちこちさまよった結果《けっか》、やっとさがしあてたのがここだった。

南校舎《みなみこうしゃ》には、基本的《きほんてき》に専門教室《せんもんきょうしつ》しかない。だから、一、二年《ねん》の教室《きょうしつ》がある北校舎《きたこうしゃ》や三年生《ねんせい》の教室《きょうしつ》がある東校舎《ひがしこうしゃ》よりも、昼休《ひるやす》みは生徒《せいと》が少《すく》ないし、屋上《おくじょう》は常《つね》に施錠《せじょう》されているから、だれもここまであがってくることはない。ほかの校舎《こうしゃ》とちがって南側《みなみがわ》にさえぎるものがなく、しかも太陽《たいよう》に近《ちか》いこの場所《ばしょ》は、お天気《てんき》の日《ひ》には窓《まど》からたっぷり日差《ひざ》しが入《はい》る。おまけに電波《でんぱ》がいいらしく、スマホのつながりもいい。

だから、休《やす》み時間《じかん》とお昼休《ひるやす》みはここって決《き》めている。

わたしだけの秘密《ひみつ》の場所《ばしょ》ってわけだ。

しばらくスマホのゲームをして、そのあと最近《さいきん》お気《き》に入《い》りの雑誌《ざっし》モデルのSNS《エスエヌエス》を見《み》ていたけど、ふと画面《がめん》のはしにある時計《とけい》を見《み》て、小《ちい》さく息《いき》をつく。

(五時間目《じかんめ》が始《はじ》まるまで、あと二十分《ぷん》もあるのかあ)

だれかと更衣室《こういしつ》でいっしょにならないように、次《つぎ》の体育《たいいく》の授業《じゅぎょう》には、遅刻《ちこく》していこう。そのほうが、だれかとペアを組《く》まされて準備体操《じゅんびたいそう》なんてしなくていいし。先生《せんせい》にはおこられるだろうけど、そんなの、どうってことない。

そう思《おも》って再《ふたた》びスマホの画面《がめん》に目《め》を落《お》とそうとしたとき、

「あれっ、こんなとこでなにやってんの？」

だれかの声《こえ》がした。

「わわっ」

おどろいて手《て》に持《も》っていたスマホを落《お》としそうになる。

とっさに両手《りょうて》でつかみ、顔《かお》をあげると四階《かい》と屋上《おくじょう》をむすぶ踊《おど》り場《ば》に、男子《だんし》がひとり立《た》っていた。

日《ひ》に灼《や》けた肌《はだ》に、きゅっとあがった口角《こうかく》。

窓《まど》から射《さ》しこむ陽《ひ》をあびて、少《すこ》し茶色《ちゃいろ》がかって見《み》える短《みじか》い髪《かみ》。

前《まえ》に同《おな》じバレー部《ぶ》だった麗香《れいか》たちが「さわやかだよね」ってさわいでいた男子《だんし》・六組《ろっくみ》の五十嵐翔《いがらししょう》だ。たしか、夏月《なつき》と同《おな》じ小学校出身《しょうがっこうしゅっしん》だと聞《き》いたことがある。

「なっ、なんでもいいでしょ」

わたしは五十嵐《いがらし》をにらみつけ、手《て》に持《も》っていたスマホを素早《すばや》くポケットに押《お》しこんだ。

(見《み》られてないよね？)

学校《がっこう》は、スマホの持《も》ちこみ禁止《きんし》。先生《せんせい》に見《み》つかったら、没収《ぼっしゅう》されてしまう。

威嚇《いかく》するようにするどい目《め》つきでにらみつけたというのに、五十嵐《いがらし》はまったく動《どう》じることなく、にこにこ笑《わら》って階段《かいだん》をあがってきた。

「な～んだ、先客《せんきゃく》かあ」

そう言《い》うなり、わたしのすぐそばに腰《こし》をおろす。

「……ちょっ！　ちょっと、なに勝手《かって》に座《すわ》ってんのよ！」

立《た》ちあがって文句《もんく》を言《い》っても、五十嵐《いがらし》は気《き》にしない。

「いーじゃん、べつに。ここ、おまえだけの場所《ばしょ》じゃねーだろ」

「よくないっ！　ここはわたしの……！」

言《い》いかえそうとして、ぎょっとした。五十嵐《いがらし》が、ポケットからスマホを取《と》りだしたのだ。

「あっ、やっぱ、ここ電波《でんぱ》いいじゃん」

そう言《い》うなり、五十嵐《いがらし》は鼻歌《はなうた》を歌《うた》いながら画面《がめん》を操作《そうさ》しはじめた。

「あ、あんた、学校《がっこう》にスマホは……！」

すると五十嵐《いがらし》は、くるっとわたしのほうをふりかえった。

「……は？　バレてないと思《おも》ってんの？　おまえも持《も》ってきてんじゃん」

目《め》を細《ほそ》めてすごむようにそう言《い》うと、

「……だろ？」

最後《さいご》に首《くび》をかしげてニヒッと笑《わら》った。

（なに、こいつ〜〜〜っ！）

麗香《れいか》たちの話《はなし》によると、五十嵐《いがらし》は学外《がくがい》にあるサッカーのクラブチームに入《はい》っていて、小《しょう》学校《がっこう》のときから新聞《しんぶん》に載《の》るくらいかなりうまいらしい。

なのに、そのスポーツマンが、学校《がっこう》で禁止《きんし》されてるスマホを堂々《どうどう》と使《つか》っていいわけ〜!?

（……って、わたしも人《ひと》のこと言《い》えないけど）

ムッとしていたら、五十嵐《いがらし》はくるりとスマホの画面《がめん》を横《よこ》にすると、

「おっ、勝《か》ってる、勝《か》ってる」

うれしそうにのぞきこんだ。

わたしも背後《はいご》から、五十嵐《いがらし》のスマホの画面《がめん》に目《め》をこらす。

どうやら、サッカーの試合《しあい》の動画《どうが》のようだ。スマホからは、だれかが外国語《がいこくご》でなにかさけんでいる声《こえ》が聞《き》こえる。

「セリエA《アー》の試合《しあい》、いっつも真夜中《まよなか》でさあ。ぜんぜん起《お》きてられねえんだよなあ。最近《さいきん》、体育委員《たいいくいいん》の仕事《しごと》も忙《いそが》しいし」

五十嵐《いがらし》はひとりごとのようにそうつぶやくと、またわたしのほうへふりかえった。

「俺《おれ》もおまえがスマホ持《も》ってきてることだまっとくから、おまえも内緒《ないしょ》な」

そう言《い》って、ひとさし指《ゆび》をくちびるにあてた。

「言《い》っとくけど、俺《おれ》ら、共犯者《きょうはんしゃ》だから」

そして、いたずらっ子《こ》みたいな顔《かお》でニタッと笑《わら》う。

（はあ〜？　なにそれ）

もしかして、この場所《ばしょ》に居座《いすわ》る気《き》？　どんだけ図々《ずうずう》しいのよっ！

「あんたねえ！」

わたしが言《い》いかえそうとしたら、五十嵐《いがらし》は「あっ、そうだ」と目《め》を見開《みひら》いた。

「俺《おれ》、一年六組《ねんろっくみ》の五十嵐翔《いがらししょう》！　よろしく〜」

にこにこと笑《わら》ってわたしの返事《へんじ》を待《ま》つ。

(知《し》ってるよ！)

っていうか、わたしのこと、知《し》らないのかな。

……まあ、そりゃあそうか。

クラスもちがうし五十嵐《いがらし》は学外《がくがい》のクラブチームに入《はい》っている。教室《きょうしつ》のある階《かい》もちがうし、わたしのことなんて知《し》らなくてもしかたないのかもしれない。

それにしたって初対面《しょたいめん》でこんな人《ひと》なつっこい男子《だんし》、わたしは正直苦手《しょうじきにがて》。どう接《せっ》すればいいのかわからない。

しばらくだまっていたら、五十嵐《いがらし》はとたんに不安《ふあん》そうな顔《かお》になった。

「……あれ？　もしかして、先輩《せんぱい》だったりしました？」

「はっ？　失礼《しつれい》なこと、言《い》わないでよ。同《おな》じ一年《ねん》だしっ！」

ムカッときてそう言《い》ったあと、くちびるをつきだしてぼそぼそつけたした。

「……二組《くみ》の恒川《つねかわ》だけど」

すると五十嵐《いがらし》は「へえ〜、二組《くみ》なんだあ」と妙《みょう》に感心《かんしん》したようにうなずいた。

「なに？　二組《くみ》で悪《わる》い？」

「いや、べつに」

そこで五十嵐《いがらし》は、ふいっと画面《がめん》に視線《しせん》をもどした。

「あー、わりい。今《いま》、いいとこだから。……よしよし。そっちオープンに走《はし》って……！

おーし、ナイスアシスト！」

スマホを片手《かたて》に、ひとりでガッツポーズをしている。

（なんなの、こいつ。……変《へん》なやつ！）

わたしはしかたなく階段《かいだん》に腰《こし》をおろし、わざとらしいくらい大《おお》きなため息《いき》をついた。

あ〜あ。やっとひとりになれる場所《ばしょ》を見《み》つけたと思《おも》ったのに、学校《がっこう》にはわたしの居場所《いばしょ》なんてどこにもない。

（……だから、こんな中学《ちゅうがく》、来《き》たくなかったんだよ）

そう思《おも》ったとたん、だれかに心臓《しんぞう》をぎゅっとにぎられたような、にぶい痛《いた》みが走《はし》った。

# 2 初《はじ》めての恋《こい》

本当《ほんとう》は、つつじ台中学《だいちゅうがく》になんて来《く》るつもり、なかった。

中学受験《ちゅうがくじゅけん》をして、希望《きぼう》の学校《がっこう》に入《はい》り、わたしの中学生活《ちゅうがくせいかつ》はもっとキラキラしたものになるって信《しん》じていた。

ブライト塾《じゅく》へ通《かよ》っていたあのころは……。


わたしが塾《じゅく》に通《かよ》いはじめたのは、小学五年生《しょうがくねんせい》のころ。

最初《さいしょ》は週《しゅう》に一度《ど》、苦手《にがて》な算数《さんすう》の授業《じゅぎょう》を受《う》けるため、おかあさんに言《い》われてしぶしぶ通《かよ》いはじめた。だけど、算数担当《さんすうたんとう》の深田尊先生《ふかだたけるせんせい》の授業《じゅぎょう》がとてもおもしろくて、すぐに喜《よろこ》んで通《かよ》うようになった。

深田先生《ふかだせんせい》は、普段《ふだん》は教育大学《きょういくだいがく》に通《かよ》う大学生《だいがくせい》。アルバイトで、塾《じゅく》の講師《こうし》をしていた。

黒縁《くろぶち》のメガネがよく似合《にあ》っていて、ほかの先生《せんせい》たちとはちがい、ひとりだけおにいさんって感《かん》じで、とにかくカッコよかった。

授業《じゅぎょう》もとてもわかりやすいし、たまに授業《じゅぎょう》の合間《あいま》に描《か》いてくれるイラストも、すっごく上手《じょうず》。そばに行《い》くとほろ苦《にが》いコーヒーの香《かお》りがして、それもなんだか大人《おとな》っぽい。

わたしは、いっぺんに深田先生《ふかだせんせい》のことが大好《だいす》きになった。

ほかの子《こ》たちは、同《おな》じ日向小《ひなたしょう》でとなりのクラスの石崎智哉《いしざきともや》がカッコいいなんて言《い》ってたけど、深田先生《ふかだせんせい》のほうが背《せ》が高《たか》いし、やさしいし、なにより頭《あたま》がいいし！

大嫌《だいきら》いな算数《さんすう》だったけど、深田先生《ふかだせんせい》のおかげで、めきめき成績《せいせき》があがった。

「おっ、あずみちゃん。今回《こんかい》の塾内模試《じゅくないもし》、めちゃめちゃ算数《さんすう》の点数《てんすう》、あがったね。その調子《ちょうし》！」

テストがえしのとき、先生《せんせい》に褒《ほ》められるとうれしくて、次《つぎ》はもっといい点数《てんすう》を取《と》るぞとますますやる気《き》がでた。

初《はじ》めて中学受験《ちゅうがくじゅけん》を意識《いしき》したのも、そのころだ。

「あずみちゃん、ちょっといい？」

いつもの授業《じゅぎょう》が終《お》わったあと、先生《せんせい》がわたしを呼《よ》びとめた。

「え、わたしだけ、ですか？」

そうたずねると、先生《せんせい》はこくんとうなずいた。

（……なんだろう？）

どきどきして廊下《ろうか》にでると、先生《せんせい》は模試《もし》の成績表《せいせきひょう》を手《て》に、わたしの耳《みみ》もとでささやいた。

「今《いま》のままの成績《せいせき》をキープできたら、教育大《きょういくだい》付属《ふぞく》も狙《ねら》えるかもよ？」

先生《せんせい》から、ふわっとコーヒーの香《かお》りがする。

（ひゃあ〜〜〜っ！　顔《かお》、近《ちか》い！）

わたしはすっかりどぎまぎしてしまって、うわずる声《こえ》で先生《せんせい》にたずねた。

「……きょ、きょういくだい、ふぞくって、なんですか？」

すると先生《せんせい》は、にっこりほほえんで教《おし》えてくれた。

「俺《おれ》の通《かよ》ってる大学《だいがく》の付属《ふぞく》の中学《ちゅうがく》だよ。うーん、そうだな。聡明学院《そうめいがくいん》ってわかる？」

もちろん、知《し》っていた。クラスの子《こ》たちの間《あいだ》では、『天才《てんさい》が行《い》く学校《がっこう》』としてよく名前《なまえ》があがる学校《がっこう》だ。

わたしがうなずいたのを見《み》て、先生《せんせい》は続《つづ》けた。

「このあたりでは、その次《つぎ》に合格《ごうかく》するのがムズカシイって言《い》われてる学校《がっこう》なんだ。けどね、あずみちゃんはがんばり屋《や》さんだし、きっとやれると思《おも》う。それに……」

先生《せんせい》はそこで言葉《ことば》をきって、わたしの顔《かお》をのぞきこむようにして言《い》った。

「付属中《ふぞくちゅう》は大学《だいがく》のすぐ近《ちか》くにあるんだ。もしあずみちゃんが付属中《ふぞくちゅう》に合格《ごうかく》したら、学校《がっこう》の行《い》き帰《かえ》りに偶然《ぐうぜん》会《あ》ったりするかもしれないね」

（ええっ、それって……！）

わたしはぽや〜んと頭《あたま》のなかで想像《そうぞう》してみた。

制服《せいふく》を着《き》てちょっぴり大人《おとな》っぽくなったわたしと先生《せんせい》が、ふたりならんで歩《ある》く姿《すがた》。まるで、恋人同士《こいびとどうし》みたい。

（うん、なかなかお似合《にあ》いかも！）

わたしはすっかりその気《き》になって、こぶしをかため、前《まえ》のめり気味《ぎみ》に先生《せんせい》に言《い》った。

「わたし、がんばってみます！」


その日《ひ》、家《いえ》に帰《かえ》って早速中学受験《さっそくちゅうがくじゅけん》をしたいとおかあさんに告《つ》げると、渋《しぶ》い顔《かお》をされた。

「そんなに無理《むり》をして上《うえ》を目指《めざ》そうとしなくても、みんなと同《おな》じつつじ台中《だいちゅう》に通《かよ》えばいいじゃない。お兄《にい》ちゃんだって、そうだったし」

たしかに進学専門《しんがくせんもん》の啓輝塾《けいきじゅく》ならともかく、ブライト塾《じゅく》から付属中《ふぞくちゅう》を目指《めざ》す子《こ》なんてほとんどいない。

それでおかあさんはそう言《い》ったんだろうけど、わたしはだからこそ受験《じゅけん》したいと思《おも》った。

これでわたしが合格《ごうかく》したら、きっと深田先生《ふかだせんせい》はすっごく喜《よろこ》んでくれるだろう。なにより、小学校《しょうがっこう》を卒業《そつぎょう》して塾《じゅく》を辞《や》めたとしても、付属中《ふぞくちゅう》にさえ通《かよ》っていれば、きっとまた先生《せんせい》と会《あ》えるはずだ。今《いま》すぐは無理《むり》でも、将来恋人同士《しょうらいこいびとどうし》になれる可能性《かのうせい》だってあるかもしれない。

わたしは一生懸命《いっしょうけんめい》おかあさんを説得《せっとく》して、中学受験《ちゅうがくじゅけん》することをみとめてもらった。

そして週《しゅう》に一度《ど》の一般《いっぱん》コースから難関中学受験《なんかんちゅうがくじゅけん》のコースに変更《へんこう》して、放課後《ほうかご》、ほぼ毎日《まいにち》塾《じゅく》へ通《かよ》うようになった。

塾《じゅく》は、夜《よる》の十時《じ》まである。学校《がっこう》が終《お》わったら、大急《おおいそ》ぎで家《いえ》に帰《かえ》って、お弁当《べんとう》を持《も》ってすぐに塾《じゅく》へむかわなきゃいけない。

授業《じゅぎょう》が始《はじ》まるまでは自習室《じしゅうしつ》で予習《よしゅう》をして、夜《よる》ごはんがわりのお弁当《べんとう》を食《た》べてから授業《じゅぎょう》を受《う》ける。そのあと家《いえ》に帰《かえ》ってお風呂《ふろ》に入《はい》ったら、毎晩寝《まいばんね》るのは十二時《じ》をまわっていた。

学校《がっこう》でも、休《やす》み時間《じかん》は塾《じゅく》の宿題《しゅくだい》をしなくちゃ間《ま》にあわなくて、わたしはそれまで遊《あそ》んでいたグループの子《こ》たちとぜんぜん遊《あそ》べなくなった。

すると、とたんにみんながよそよそしくなった。

放課後《ほうかご》の約束《やくそく》に声《こえ》をかけてもらえなくなり、グループの子《こ》たちのお誕生日会《たんじょうびかい》にも呼《よ》ばれない。なかには露骨《ろこつ》に「勉強《べんきょう》ばっかりして、なんかやだよねえ」なんて聞《き》こえるように言《い》ってくる子《こ》もいた。

それでも、平気《へいき》だった。

塾《じゅく》に行《い》けば、深田先生《ふかだせんせい》に会《あ》える。今《いま》、勉強《べんきょう》をがんばっていれば、付属中学《ふぞくちゅうがく》に行《い》ける。

ちょっと遊《あそ》べなくなっただけで、かんたんにわたしの存在《そんざい》をなかったことにしてしまう友《とも》だちなんかより、深田先生《ふかだせんせい》のほうがずっと大切《たいせつ》だった。

（ふんだ。台中《だいちゅう》になんて、わたしはぜったい行《い》かないもんね）

グループでかたまって、聞《き》こえよがしに内緒話《ないしょばなし》をする子《こ》たちに背《せ》をむけて教室《きょうしつ》をでるたび思《おも》った。

グループなんて、子《こ》どもっぽい。

わたしはあんたたちとは、ちがうんだからねって。

それから、わたしは死《し》に物狂《ものぐる》いで勉強《べんきょう》した。

成績《せいせき》は常《つね》に塾内《じゅくない》では上位《じょうい》をキープ。あれだけ苦手《にがて》だった算数《さんすう》も、四教科《きょうか》で一番《いちばん》いい成績《せいせき》を取《と》れるようになった。

最初《さいしょ》はF《エフ》判定《はんてい》だった模試《もし》の結果《けっか》も、受験前《じゅけんまえ》にはB《ビー》判定《はんてい》にまであがっていた。

「あずみちゃんなら、きっと大丈夫《だいじょうぶ》」

試験《しけん》の直前《ちょくぜん》まで、深田先生《ふかだせんせい》もそう言《い》ってくれていた。

だから、ぜったい付属中《ふぞくちゅう》に合格《ごうかく》する。そう信《しん》じていた。

……なのに。


その日《ひ》、わたしはおかあさんとふたりで合格発表《ごうかくはっぴょう》を見《み》に行《い》った。

帰《かえ》りには、合格祝《ごうかくいわ》いのスマホと中学《ちゅうがく》で使《つか》うあたらしいペンポーチも買《か》ってもらう約束《やくそく》をしていた。

(スマホを買《か》ってもらったら、一番《いちばん》に先生《せんせい》のアドレス、教《おし》えてもらおうっと。あっ、そうだ。もうすぐバレンタインだし、合格《ごうかく》したらチョコレート作《づく》りの練習《れんしゅう》もしなきゃ)

わたしはもう合格《ごうかく》したあとのことばかり考《かんが》えて、上《うわ》の空《そら》だった。

「ほら、あずみ。ぼーっとしてないで、しっかり自分《じぶん》の番号《ばんごう》、確認《かくにん》しなさい」

おかあさんに言《い》われて、現実《げんじつ》に引《ひ》きもどされた。

(んもう、うるさいな。合格《ごうかく》してるに決《き》まってるのに)

わたしはしぶしぶ掲示板《けいじばん》の前《まえ》に集《あつ》まる人《ひと》たちの一番《いちばん》うしろから、もうすでに暗記《あんき》した番《ばん》号《ごう》をさがした。

（ええっと、わたしの番号《ばんごう》は……）

だけど、いくらさがしても見《み》つからない。

最初《さいしょ》は、なにかのまちがいじゃないかって思《おも》った。

一度《いちど》見《み》て、もう一度《いちど》見《み》て、今度《こんど》は最前列《さいぜんれつ》を陣取《じんど》って番号《ばんごう》を見《み》た。指《ゆび》でなぞりながら確認《かくにん》してみても、やっぱりわたしの番号《ばんごう》は見《み》つからない。すっと背筋《せすじ》が寒《さむ》くなった。

「おかしいな」

わたしがつぶやくと、となりに立《た》っていたおかあさんが、ぼそっと言《い》った。

「……がんばった結果《けっか》、無理《むり》だったんだから、しかたないよ」

「……しかたない？」

その言葉《ことば》に、はっとしておかあさんの顔《かお》を見《み》た。

おかあさんが、わたしを見《み》つめて、ゆっくり首《くび》を横《よこ》にふった。

そこで初《はじ》めて、わたしは自分《じぶん》が不合格《ふごうかく》だったことに気《き》がついた。

わたしは、中学受験《ちゅうがくじゅけん》に失敗《しっぱい》した。あんなに勉強《べんきょう》したのに、不合格《ふごうかく》だったのだ。

（……ウソだあ）

合格《ごうかく》を喜《よろこ》びあう子《こ》たちの歓声《かんせい》をうしろに聞《き》きながら、わたしはぼうぜんとしたままその場《ば》をあとにした。ほかの中学《ちゅうがく》とちがって、付属中《ふぞくちゅう》は追加募集《ついかぼしゅう》をしない。わたしの目《め》の前《まえ》で、門《もん》は閉《と》ざされたのだ。足《あし》もとが、ふわふわする。

おかあさんは、「そんなに気《き》を落《お》とさなくていいわよ」だとか、「神《かみ》さまが、あずみには
つつじ台中《だいちゅう》のほうが合《あ》ってると思《おも》われたのよ」だとか、わたしをなぐさめようとあれこれ話《はな》しかけてきたけれど、どの言葉《ことば》も右《みぎ》から左《ひだり》へぬけていく。

わたしは返事《へんじ》もせず、ただだまって歩《ある》いた。

「ほら、落《お》ちこまないで。受験《じゅけん》が終《お》わったお祝《いわ》いに、あたらしいスマホとペンポーチ、買《か》うんでしょ？」

おかあさんに励《はげ》まされながら、ちょうど中等部《ちゅうとうぶ》の校門《こうもん》をでたところで、大通《おおどお》りをはさんだ反対側《はんたいがわ》にある大学《だいがく》の正門《せいもん》からでてくる深田先生《ふかだせんせい》の姿《すがた》を見《み》つけた。

（……あ、深田先生《ふかだせんせい》！）

そう思《おも》った瞬間《しゅんかん》、足《あし》が止《と》まった。

深田先生《ふかだせんせい》は、小柄《こがら》な女《おんな》の子《こ》と手《て》をつないでいた。
かわいらしくて、色《いろ》が白《しろ》くて、ピンクのマフラーをした人《ひと》。
遠《とお》くからでもふたりが恋人同士《こいびとどうし》なのは、すぐにわかった。
神《かみ》さまって、残酷《ざんこく》だ。
あんなにがんばって勉強《べんきょう》したのに、わたしは試験《しけん》に落《お》ちた。
それだけでもツライのに、そのあとにこんな光景《こうけい》をわたしに見《み》せるなんて。
頭《あたま》のどこかで、ちゃんとわかってた。
深田先生《ふかだせんせい》は、カッコいい。
頭《あたま》もいいし、やさしいし、それになにより大人《おとな》だ。
かわいい彼女《かのじょ》がいて、あたりまえ。
小学生《しょうがくせい》なんて、相手《あいて》にするわけない。
わたしにやさしくしてくれていたのは、わたしが塾《じゅく》の生徒《せいと》だったから。
それ以上《いじょう》でも、それ以下《いか》でもない。
そんなこと、最初《さいしょ》からわかっていた。

わかっていたけど……。

そう思《おも》った瞬間《しゅんかん》、ぽろっと涙《なみだ》がこぼれた。

「……う、うう、うわあん！」

とつぜん、空《そら》を仰《あお》いで泣《な》きだしたわたしに、おかあさんはうろたえた。

「泣《な》かなくてもいいのよ、あずみちゃん。大丈夫《だいじょうぶ》、一生懸命《いっしょうけんめい》がんばったんだから。ねっ？」

（がんばっても、ムダだったじゃない……！）

一生懸命《いっしょうけんめい》がんばれば、必《かなら》ず努力《どりょく》はむくわれる。

担任《たんにん》の先生《せんせい》も、親《おや》も、深田先生《ふかだせんせい》も、大人《おとな》たちはいつだってわたしにそう言《い》った。

なのに、実際《じっさい》はどうだ。

努力《どりょく》なんてむくわれない。

がんばっても手《て》に入《い》れられないものは、この世《よ》にあるじゃないか。

わたしはおかあさんに背中《せなか》をさすられながら、その場《ば》に立《た》ちつくし、いつまでも泣《な》きつづけた。

# 3 夢《ゆめ》、やぶれて

その日《ひ》を境《さかい》に、わたしは塾《じゅく》を辞《や》めた。

「中学受験《ちゅうがくじゅけん》を失敗《しっぱい》しても、まだ高校受験《こうこうじゅけん》でチャンスがあるんだから、続《つづ》けたらどう？」

親《おや》にも、塾長《じゅくちょう》にも、そう言《い》って引《ひ》きとめられたけど、どうしても行《い》きたくなかった。

深田先生《ふかだせんせい》と、顔《かお》を合《あ》わせたくなかったのだ。

卒業式《そつぎょうしき》までは、最悪《さいあく》だった。

わたしが不合格《ふごうかく》だったことは、クラスのほとんどの子《こ》が知《し》っていた。

みんなはわたしになんて声《こえ》をかけたらいいか、困《こま》っているようだった。なかにはこそこそ耳打《みみう》ちをする子《こ》もいた。

そりゃあそうだ。

だって、わたしはそれまでずっと、『付属中《ふぞくちゅう》に行《い》くために塾《じゅく》に通《かよ》っているから』って言《い》い訳《わけ》をして、放課後《ほうかご》に学校《がっこう》であるいろんな雑用《ざつよう》から逃《のが》れていたんだから。

(あ〜あ、台中《だいちゅう》に行《い》くの、やだなあ)

同《おな》じ日向小《ひなたしょう》だった子《こ》たちは、私立《しりつ》に行《い》く子《こ》以外《いがい》は全員台中《ぜんいんだいちゅう》に進《すす》む。わたしが付属中《ふぞくちゅう》に落《お》ちたことを言《い》いふらす子《こ》だっているだろう。

『あの子《こ》、付属中《ふぞくちゅう》に行《い》くって言《い》ってたくせに、ばかみたいだよね』

なんて言《い》われてしまうかもしれない。

(ぜったい、ばかにされないようにしなきゃ)

春休《はるやす》み中《ちゅう》、わたしは決意《けつい》した。

中学《ちゅうがく》に入学《にゅうがく》したら、わたしはだれよりも強《つよ》い子《こ》でいよう。

そのためにも、まずは日向小《ひなたしょう》以外《いがい》でわたしの言《い》いなりになるような子《こ》と友《とも》だちになろう。

それから、ほかの子《こ》も引《ひ》きいれてグループを作《つく》るんだ。もう、ひとりぼっちにされないように、中学《ちゅうがく》ではぜったいうまくやるんだって。

入学初日《にゅうがくしょにち》、わたしは早速《さっそく》その作戦《さくせん》を実行《じっこう》した。

式《しき》のあとのホームルームの時間《じかん》、ななめ前《まえ》に座《すわ》る女《おんな》の子《こ》が、偶然《ぐうぜん》わたしと同《おな》じペンポーチを持《も》っていた。

耳《みみ》の下《した》で、まっすぐに切《き》りそろえたショートボブ。

見《み》るからにおとなしそうな雰囲気《ふんいき》の子《こ》で、クラスに、まだ友《とも》だちがいないようだった。

ホームルームが終《お》わってすぐ、わたしはその子《こ》にかけ寄《よ》った。

「そのペンポーチ、もしかして駅前《えきまえ》の『ファンファーレ』ってお店《みせ》で買《か》った？」

それが、夏月《なつき》との出会《であ》いだった。

夏月《なつき》はいい子《こ》なんだけど、自分《じぶん》に自信《じしん》がないようで、いつもどこかびくびくしているようなところがあった。

「ねえ、女子《じょし》バレーボール部《ぶ》にいっしょに入《はい》ろうよ」

そう言《い》って、わたしは半《なか》ば強引《ごういん》に、夏月《なつき》を女子《じょし》バレーボール部《ぶ》に入部《にゅうぶ》させた。

夏月《なつき》があまりのり気《き》じゃないことは、うすうすわかっていた。だけど、夏月《なつき》はいつもわたしの誘《さそ》いを断《ことわ》らない。だからいいんだって思《おも》うようにした。

わたしと夏月《なつき》は、教室移動《きょうしついどう》も、部活中《ぶかつちゅう》もいつだっていっしょだった。

わたしに嫌《きら》われないようにふるまう夏月《なつき》を見《み》ていると、自分《じぶん》がものすごくえらくなったような気《き》がして、正直《しょうじき》スカッとした。

クラスでは、わたしたちみたいなふたり組《ぐみ》の子《こ》たちと四人《よにん》グループを作《つく》った。そこでもみんな、わたしの言《い》いなりだった。

わたしはみんなとの結束力《けっそくりょく》をより一層《いっそう》高《たか》めるため、悪口《わるくち》のターゲットを決《き》めることにした。

最初《さいしょ》のターゲットは、辻本《つじもと》さん。

なぜなら、クラスで一番《いちばん》かわいくて目立《めだ》っていたから。

早速《さっそく》、グループのなかで辻本《つじもと》さんの悪口《わるくち》を言《い》いふらすことにした。

ちょうど、学年《がくねん》で一番人気《いちばんにんき》がある石崎《いしざき》くんとつきあいだしたこともあって、みんなはすぐに辻本《つじもと》さんの悪口《わるくち》にのっかってきた。

「辻本《つじもと》さんってさあ、なんかかわい子《こ》ぶってない？　自分《じぶん》のこと、カワイイって思《おも》ってるんだよ、ぜったい」

べつに、辻本《つじもと》さんの性格《せいかく》を知《し》っていたわけじゃない。

なにかされたわけでもない。

ただ、深田先生《ふかだせんせい》の彼女《かのじょ》と雰囲気《ふんいき》が似《に》ていただけ。

それだけの理由《りゆう》で、わたしは辻本《つじもと》さんの悪口《わるくち》を言《い》うようになった。

そうしたら、ちょっとだけ気持《きも》ちが晴《は》れたから。


(……でも、世《よ》の中《なか》、そううまくいかないんだよなあ)

意外《いがい》なことに、最初《さいしょ》にきっかけを作《つく》ったのは、ずっとわたしの言《い》いなりになると思《おも》っていた夏月《なつき》だった。

そのころ、クラスだけじゃなく、女子《じょし》バレーボール部《ぶ》一年《ねん》のなかで、一番発言力《いちばんはつげんりょく》を持《も》っていたのはわたしだった。

なのに、別《べつ》の小学校《しょうがっこう》から来《き》たなるたんは、わたしがなにを言《い》っても動《どう》じない子《こ》で、そのことにわたしは少《すこ》しイライラしていた。

同《おな》じ年《とし》なのに大人《おとな》びていて、女子《じょし》のグループにまったく執着《しゅうちゃく》のない子《こ》。

わたしがちょっとキツイことを言《い》っても、ちっとも気《き》にしなくて、正論《せいろん》でかえしてくる。

おまけになるたんの彼氏《かれし》は、わたしが落《お》ちた付属中《ふぞくちゅう》よりも偏差値《へんさち》が高《たか》い聡明学院《そうめいがくいん》なんだという。

それでわたしは、みんなを使《つか》ってなるたんにいじわるをしかけた。そのことに、夏月《なつき》が反発《はんぱつ》したのだ。

「それって、いじめみたいじゃん！」

正直言《しょうじきい》って、夏月《なつき》のその反応《はんのう》にわたしはひるんだ。

ずっとわたしの言《い》いなりになると思《おも》っていた夏月《なつき》が、自分《じぶん》の意見《いけん》を発言《はつげん》したことにわたしはますますいらだった。

それで今度《こんど》は、ターゲットをなるたんから夏月《なつき》に変更《へんこう》して、こらしめてやろうと思《おも》ったのだ。

はじめは、夏月《なつき》に味方《みかた》しようとする子《こ》もいた。

だけど、わたしとくらべてどちらが力《ちから》を持《も》っているかと考《かんが》えたとき、みんなはもちろんわたしのほうへついた。

なるたんは、きっとどちらの側《がわ》にもつかないだろうと思《おも》っていたけど、正解《せいかい》だった。

ひとりぼっちになった夏月《なつき》は、部活《ぶかつ》を休《やす》むようになった。

これで、わたしのところにもどってくる。

そう思《おも》っていたのに、夏月《なつき》は結局《けっきょく》部活《ぶかつ》を辞《や》めてしまった。

それどころか、おどろいたことに、いつの間《ま》にか辻本《つじもと》さんとふたりで『家庭科研究会《かていかけんきゅうかい》』という部活《ぶかつ》を立《た》ちあげ、活動《かつどう》を始《はじ》めたのだ。

夏休《なつやす》み明《あ》けになると、夏月《なつき》は見《み》たこともないくらいいきいきした表情《ひょうじょう》で登校《とうこう》してきた。

反対《はんたい》にわたしはというと、なるたんや夏月《なつき》への仕打《しう》ちを見《み》ていたバレー部《ぶ》の子《こ》たちに、ついにハブられてしまった。練習時間《れんしゅうじかん》の待《ま》ち合《あ》わせに声《こえ》をかけてもらえなくなり、なにかしゃべりかけても無視《むし》される。

（……やっぱりね）

こうなることは、最初《さいしょ》からわかっていた。

だれかにいじわるをしたら、手痛《ていた》いしっぺがえしを食《く》うことも。

だから、ひとりぼっちになっても悲《かな》しいとは思《おも》わなかった。

なのに夏月《なつき》は、わたしがひとりになったことを自分《じぶん》のせいとでも思《おも》っているのか、なにかあるたびわたしに話《はな》しかけようとしてくる。

夏月《なつき》に同情《どうじょう》なんてされたくない。

かわいそうだなんて思《おも》われたくない。

自業自得《じごうじとく》なんだってこと、自分《じぶん》でちゃんとわかってる。

だから夏月《なつき》になにを話《はな》しかけられても、わたしはずっと完全無視《かんぜんむし》している。


(あ〜あ、つまんない。あとどれくらいこの生活《せいかつ》が続《つづ》くんだろう?)

今《いま》が中《ちゅう》一の十月《がつ》の終《お》わり。

ってことは、卒業《そつぎょう》するまで、あと二年半《ねんはん》も続《つづ》くのか。

考《かんが》えただけで、頭《あたま》がくらくらする。

スマホの画面《がめん》を見《み》ながら、ため息《いき》をついたら、わたしと五十嵐《いがらし》の頭上《ずじょう》で昼休《ひるやす》みが終《お》わるチャイムがなりひびいた。

ホームルームが終《お》わり、今日《きょう》も長《なが》い一日《にち》がやっと終《お》わった。

わたしは教科書《きょうかしょ》とノートをそろえ、素早《すばや》くかばんに押《お》しこんだ。

今《いま》から、ほかの子《こ》たちは部活《ぶかつ》が始《はじ》まる。早《はや》く帰《かえ》らないと、昇降口《しょうこうぐち》のところで更衣室《こういしつ》へむかう女子《じょし》バレーボール部《ぶ》の子《こ》たちと鉢合《はちあ》わせしてしまう。

(さ、急《いそ》いで帰《かえ》らなきゃ)

かばんを持《も》って席《せき》を立《た》ったところで、

「恒川《つねかわ》、ちょっといいか」

担任《たんにん》の先生《せんせい》に声《こえ》をかけられた。

(えーっ、なんだろう。めんどくさいなあ)

そう思《おも》ったけど、無視《むし》するわけにもいかない。

しぶしぶ先生《せんせい》のあとに続《つづ》いて廊下《ろうか》にでる。

先生《せんせい》は、掃除道具入《そうじどうぐい》れのかげにかくれるようにしてわたしを手《て》まねきすると、早速《さっそく》きりだした。

「前《まえ》から何度《なんど》も言《い》っているから、わかってると思《おも》うけど……」

（あー、そのことか）

心《こころ》のなかで舌打《したう》ちをする。

わたしの通《かよ》うつつじ台中学《だいちゅうがく》は、全員《ぜんいん》がなにかの部活《ぶかつ》に入《はい》らなきゃいけないという規則《きそく》がある。

先生《せんせい》からは女子《じょし》バレーボール部《ぶ》を辞《や》めるときから、なるべく早《はや》くあたらしい部活《ぶかつ》に入《はい》るようにと言《い》われていたのだ。

「夏休《なつやす》み明《あ》けに部活《ぶかつ》を辞《や》めて、そろそろ二か月《げつ》だ。どうだ？　そろそろあたらしい部活《ぶかつ》、決《き》めたか？」

顔《かお》をのぞきこむようにして聞《き》かれたけど、だまってうつむく。

一年《ねん》のほとんどの女子《じょし》たちは、わたしがどうしてバレー部《ぶ》を辞《や》めたのかとっくに知《し》っている。えらそうにふるまった結果《けっか》、みんなにハブられたわたしが、いまさらメジャーな運動部《うんどうぶ》に入《はい》ってうまくやっていけるとは思《おも》えない。

かといって、どんな活動《かつどう》をしているかもわからないようなマイナーな部活《ぶかつ》に入《はい》るのも、それはそれでいやだ。

「……まだ、そんな気《き》になれません」

そう言《い》ってみたけれど、先生《せんせい》は顔色《かおいろ》を変《か》えることもなく続《つづ》けた。

「そんなに深《ふか》く考《かんが》えることないぞ。ちょっとでも興味《きょうみ》があれば、気軽《きがる》に見学《けんがく》に行《い》けばいいんだから。ほら、足立《あだち》もバレー部《ぶ》を辞《や》めて二学期《がっき》から辻本《つじもと》といっしょに『家庭科研究会《かていかけんきゅうかい》』って部活《ぶかつ》を始《はじ》めただろ。例《たと》えば、そこに入《い》れてもらうっていうのも、ひとつの手《て》だぞ？」

(軽《かる》く言《い》わないでよ)

先生《せんせい》にとって部活《ぶかつ》は、その程度《ていど》のものかもしれないけど、わたしたち生徒《せいと》にしたら、部《ぶ》活《かつ》をどこにするかはそのまま学校生活《がっこうせいかつ》に直結《ちょっけつ》している。

そんなかんたんに決《き》められっこない。

それに、夏月《なつき》と辻本《つじもと》さんの部活《ぶかつ》に入《い》れてもらうなんて、ぜったいやだ。

「ともかく、規則《きそく》は規則《きそく》だから。友《とも》だちやご両親《りょうしん》に相談《そうだん》して、できるだけ早《はや》く検討《けんとう》するように。……あ、あと、ここに保護者《ほごしゃ》印《いん》をもらうのも、忘《わす》れずにな」

先生《せんせい》はわたしにプリントを押《お》しつけると、せかせか行《い》ってしまった。

わたされたプリントに目《め》を落《お》とす。

『転部届《てんぶとどけ》』

そこには、『女子《じょし》バレーボール部《ぶ》↓九月退部《がったいぶ》』と書《か》いてあった。

中学《ちゅうがく》に入学《にゅうがく》したら、バレーボール部《ぶ》に入《はい》ることは、ずっと前《まえ》から決《き》めていた。小学生《しょうがくせい》のころ、バレーボールクラブに入《はい》っていたからだ。中学受験《ちゅうがくじゅけん》が本格的《ほんかくてき》になってからは、塾《じゅく》が忙《いそが》しくてしかたなく辞《や》めちゃったけど、バレーボールは好《す》きだった。

部活《ぶかつ》は、先輩《せんぱい》の言《い》うことを聞《き》かなきゃいけなかったり、基礎練《きそれん》がめんどうだったりしたけど、それなりに楽《たの》しかった。

だけど、いまさらもどることなんてできないし、かといってほかの部活《ぶかつ》に入《はい》りたいとも思《おも》わない。

（……あ〜あ、どうしようかなあ）

わたしが部活《ぶかつ》を辞《や》めたと告《つ》げると、おかあさんはなにか言《い》いたげな顔《かお》で、「そう」と言《い》って、それきりなにも聞《き》いてこなかった。その夜《よる》、おとうさんとなにか話《はな》しこんでいたけれど、その話題《わだい》には触《ふ》れてこない。遠慮《えんりょ》がちに、『やりたいことを見《み》つけなさいね』って言《い》うだけだ。

中学受験《ちゅうがくじゅけん》を失敗《しっぱい》してからというもの、ふたりはわたしのことを腫《は》れものにさわるみたいにして、遠巻《とおま》きにながめている。

(お兄《にい》ちゃんとちがって、わたしは手《て》がかかるって思《おも》われてるんだろうなあ、きっと)

かばんをかつぎなおして昇降口《しょうこうぐち》のほうへ曲《ま》がろうとしたら、ちょうど階段《かいだん》からおりてきた夏月《なつき》と辻本《つじもと》さんにばったり出《で》くわした。

わたしの手《て》が夏月《なつき》の腕《うで》にあたったようで、夏月《なつき》がかかえていたプリントが、ばさりと床《ゆか》にちらばった。

「あっ、ごめん……!」

夏月《なつき》はあわてた様子《ようす》で、ちらばったプリントをかき集《あつ》めはじめた。

ほうっておこうかとも思《おも》ったけど、いちおうわたしにも非《ひ》がある。しかたなくしゃがんで、プリントを数枚拾《すうまいひろ》いあげる。

『第二回《だいにかい》 家庭科研究会《かていかけんきゅうかい》 試食会《ししょくかい》』

夏月《なつき》の持《も》っていたプリントにはそう書《か》かれていた。

（ふーん、そんなの、やるんだ）

わたしは知《し》らん顔《かお》で、夏月《なつき》にそのプリントを押《お》しつけ、そのまま行《い》こうとしたら、

「これ、あずみのプリントじゃない？」

そう言《い》われて、ふりかえった。

夏月《なつき》の手《て》に、『転部届《てんぶとどけ》』のプリントがにぎられていた。

わたしはあわててかけもどり、

「かえして！」

夏月《なつき》の手《て》からプリントを奪《うば》いかえした。そのまままくしゃくしゃにまるめてかばんのなかに押《お》しこみ、ふたりを置《お》いてかけだす。

「あずみ……！」

昇降口《しょうこうぐち》でローファーに履《は》きかえ、部活《ぶかつ》へむかう子《こ》たちの群《む》れをつきとばすようにして校《こう》門《もん》をかけぬけた。

野球部《やきゅうぶ》のかけ声《ごえ》、放送部《ほうそうぶ》の発声練習《はっせいれんしゅう》、テニス部《ぶ》がボールを打《う》ちあう音《おと》。

どんどんわたしのうしろへ遠《とお》ざかっていく。

はあはあ
大通《おおどお》りの手前《てまえ》の交差点《こうさてん》で赤信号《あかしんごう》になった。そこで、ようやく走《はし》るのをやめた。ひさしぶりに走《はし》ったから、息《いき》が苦《くる》しい。

今日《きょう》も家《いえ》に帰《かえ》ったら、またおかあさんに遠《とお》まわしに聞《き》かれるかもしれない。『やりたいことは見《み》つかった？』って。

（わたしだって、それが見《み》つからなくて困《こま》ってるんだよ）

小学校《しょうがっこう》までは、付属中《ふぞくちゅう》に入《はい》るんだって目標《もくひょう》があった。だから、学校《がっこう》がつまらなくても、なんとかやりすごすことができたんだ。だけど、今《いま》のわたしにはそれがない。

これがやりたいってはっきりした目標《もくひょう》があれば、どんなにいいだろう。

（『家庭科研究会《かていかけんきゅうかい》』かあ……）

そういえば夏月《なつき》は、前《まえ》から料理《りょうり》が好《す》きだと言《い》っていた。

まだ仲《なか》よかったころ、お昼休《ひるやす》みにお弁当《べんとう》をいっしょに食《た》べていたときに、よく今日《きょう》のお弁当《べんとう》は自分《じぶん》で作《つく》ったと言《い》っていた。

たまに手作《てづく》りのクッキーやケーキをこっそり持《も》ってきていて、部活《ぶかつ》のあとにわけてくれたこともあったっけ。

(夏月《なつき》はいいなあ。好《す》きなことが見《み》つけられて)

だからといって、『家庭科研究会《かていかけんきゅうかい》』になんて入《はい》るつもりはない。

料理《りょうり》なんかしたことないし、夏月《なつき》と辻本《つじもと》さんに哀《あわ》れまれたくなんかない。

そんなことを思《おも》ってとぼとぼ歩《ある》いていたら、

「あずみちゃん!」

ふいにだれかに呼《よ》びとめられた。

だれだろうとふりかえって、息《いき》を止《と》める。

「……深田先生《ふかだせんせい》」

# 4 深田《ふかだ》先生《せんせい》

ちょうど目《め》の前《まえ》のコンビニからでてきたのは、リュックを背負《せお》った深田《ふかだ》先生《せんせい》だった。

このコンビニは、わたしの通《かよ》っていたブライト塾《じゅく》の一階《いっかい》にある。

きっと今《いま》からコーヒーを飲《の》んで、それから授業《じゅぎょう》をするのだろう。手《て》には、レジ袋《ぶくろ》とコーヒーカップを持《も》っていた。

わたしが通《かよ》っていたころ、いつも飲《の》んでいたコンビニのドリップコーヒー。駅前《えきまえ》のコーヒーチェーンのものではなく、ここのコーヒーが一番《いちばん》好《す》きなんだと言《い》っていた。ほろ苦《にが》いコーヒーの香《かお》りが、鼻先《はなさき》をかすめる。

「ひさしぶり！　元気《げんき》だった？」

紺《こん》のカジュアルなジャケットに、ギンガムチェックのシャツ。黒《くろ》いニットのネクタイをしめている。

おしゃれなのは、あいかわらず。でも、髪《かみ》を少《すこ》し切《き》ったみたい。

それから、ほんの少《すこ》しだけやせたようだ。あごのあたりがすっきりしている。

「おー、制服《せいふく》じゃん。よく似合《にあ》うね。すっかり中学生《ちゅうがくせい》って感《かん》じ」

大好《だいす》きだったその笑顔《えがお》を見《み》て、泣《な》きそうになる。

(なんで、今《いま》、深田先生《ふかだせんせい》に会《あ》っちゃうの?)

わたしはきゅっとくちびるをかみしめて、だまって会釈《えしゃく》をした。

「あずみちゃん、急《きゅう》に塾辞《じゅくや》めちゃったからさ。どうしてるかなってずっと心配《しんぱい》してたんだ。元気《げんき》そうでよかった」

そう言《い》って、先生《せんせい》はまっすぐな瞳《ひとみ》でわたしを見《み》つめる。

(元気《げんき》なんかじゃ、ないよ)

わたしは先生《せんせい》の顔《かお》をまともに見《み》ることができなくて、その視線《しせん》から逃《に》げるようにうつむいた。

先生《せんせい》は、わたしが付属中《ふぞくちゅう》に落《お》ちたことをもちろん知《し》っているはずだ。それが原因《げんいん》で塾《じゅく》を辞《や》めたことも。

だけど、わたしが先生《せんせい》のことを好《す》きだったことや、合格発表《ごうかくはっぴょう》の日《ひ》、先生《せんせい》が彼女《かのじょ》と歩《ある》いているのを見《み》たことは知《し》らない。

そのことで、わたしがどれだけ傷《きず》ついたかも。

なのに、『元気《げんき》そう』だなんてひどい。

ずっとだまっているわたしを見《み》て、先生《せんせい》はなにを思《おも》ったのか、急《きゅう》に姿勢《しせい》を正《ただ》すと、こほんとひとつ咳払《せきばら》いをした。

「ここで会《あ》えたのも、きっとなにかの縁《えん》だと思《おも》うから、ずっとあずみちゃんに伝《つた》えたかったこと、言《い》わせてもらうね」

「……えっ、わたしに？」

おどろいて、顔《かお》をあげると、先生《せんせい》はわたしの目《め》を見《み》てずばり言《い》った。

「もう一度《いちど》、塾《じゅく》にもどっておいでよ。あずみちゃんなら、きっとやれる。あずみちゃんがいないと、さみしいよ」

その言葉《ことば》に、わたしの心臓《しんぞう》の鼓動《こどう》が速《はや》くなる。

（……先生《せんせい》、ずるいよ）

いつもそんな風《ふう》にわたしを期待《きたい》させるようなことばっかり言《い》って、その気《き》にさせる。

だから、つい期待《きたい》してしまった。

一生懸命《いっしょうけんめい》がんばって、先生《せんせい》の近《ちか》くに行《い》くことができたら、もしかしたら塾《じゅく》の生徒《せいと》としてではなく、ひとりの女《おんな》の子《こ》としてわたしのことを見《み》てくれるかもって。

（……でも）

そんなことは、漫画《まんが》やドラマだけの話《はなし》。

先生《せんせい》にはかわいい彼女《かのじょ》がちゃんといて、わたしのことなんてただの生徒《せいと》としか思《おも》っていない。

はじめから、ちゃんとわかってた。

だけど。

「付属中《ふぞくちゅう》に落《お》ちたことは、あずみちゃんにとってはかなりショックな出来事《できごと》だったと思《おも》う。でもね、人生《じんせい》ってけっこうそういうことの連続《れんぞく》なんだ。一回《いっかい》であきらめるのは、もったいないって思《おも》うんだよね。前《まえ》にも言《い》ったことあるよね。俺《おれ》、小学校時代《しょうがっこうじだい》、クラスになじめなくて、絵《え》ばっかり描《か》いてたんだ。そのとき、担任《たんにん》の先生《せんせい》がさ……」

先生《せんせい》は、わたしの気持《きも》ちも知《し》らず、今《いま》まで何度《なんど》も聞《き》かされた『教師《きょうし》を目指《めざ》すきっかけになった小学校時代《しょうがっこうじだい》の担任《たんにん》の先生《せんせい》の話《はなし》』をとうとうと続《つづ》けている。

その顔《かお》を見《み》ていたら、だんだん腹《はら》が立《た》ってきた。

（なんにも知《し》らないくせに……）

おなかの底《そこ》から熱《あつ》い塊《かたまり》がせりあがってきて、のどもとをこがす。

「俺《おれ》も夢《ゆめ》にむかってがんばってるところだし、あずみちゃんもいっしょにがんばろうよ。可《か》能性《のうせい》はあるんだから、まだまだチャレンジできる。今《いま》からがんばれば、今度《こんど》こそぜったい大丈夫《だいじょうぶ》さ。だから……」

「無責任《むせきにん》なこと、言《い》わないでよ！」

わたしは深田先生《ふかだせんせい》の顔《かお》を正面《しょうめん》からにらみつけてそう言《い》った。

「先生《せんせい》、前《まえ》もわたしに『大丈夫《だいじょうぶ》』って言《い》いましたよね？　でも、わたし、あんなにがんばったのに、無理《むり》だったじゃないですか。なのに、なんでそんな軽々《かるがる》しく、大丈夫《だいじょうぶ》なんて言《い》えるんですか？」

深田先生《ふかだせんせい》が、言葉《ことば》を失《うしな》ってわたしを見《み》る。

その顔《かお》を見《み》ていたら、ますます頭《あたま》に血《ち》がのぼった。

わたしは、たたみかけるように続《つづ》けた。

「先生《せんせい》、教育大《きょういくだい》に行《い》ってるんでしょ？　将来《しょうらい》、先生《せんせい》になるつもりなんでしょう？　じゃあ、教《おし》えてください。わたし、あとどれくらいがんばったら、ぜったい合格《ごうかく》できるんですか？」

「そっ、それは……」

先生《せんせい》の顔《かお》が青《あお》ざめる。

しどろもどろになって、わたしから視線《しせん》をはずした。

「ほら、はっきり言《い》えないじゃない。いいかげんなこと、言《い》わないでよ、ウソつき！」

先生《せんせい》は、すっかり冷《さ》めてしまったコーヒーを片手《かたて》に、うちひしがれた表情《ひょうじょう》で、うつむいている。

そりゃあそうだろう。

生徒《せいと》にこんなことを言《い》われたら、傷《きず》つくに決《き》まってる。

わたしはそれをわかっていて、わざと先生《せんせい》にきつい言葉《ことば》をぶつけた。

(……サイッテー)

本当《ほんとう》は、こんなこと、言《い》うつもりじゃなかった。

先生《せんせい》のこと、本当《ほんとう》に大好《だいす》きだったのに……。

コンビニからでてきた人《ひと》が、何事《なにごと》か起《お》こったのかとわたしと先生《せんせい》を見《み》くらべて通《とお》りすぎていく。

わたしはいたたまれなくなって、肩《かた》にかけていたかばんの持《も》ち手《て》をぎゅっとにぎった。

「……失礼《しつれい》します！」

腰《こし》を折《お》るようにして頭《あたま》をさげ、その場《ば》から逃《に》げるように走《はし》りだした。

しばらく走《はし》ってから、赤信号《あかしんごう》の手前《てまえ》でおそるおそるうしろをふりかえる。

遠《とお》くに見《み》える先生《せんせい》はまださっきの場所《ばしょ》で、うつむいたまま、ただ立《た》ちつくしていた。

その頼《たよ》りなげなうしろすがたに、胸《むね》がキュッと痛《いた》む。

先生《せんせい》が悪《わる》いんじゃないって、ちゃんとわかってる。

わたしが付属中《ふぞくちゅう》に落《お》ちたのは、わたしに実力《じつりょく》がなかったから。ただ、それだけ。

元々《もともと》実力《じつりょく》もないくせに、先生《せんせい》が何気《なにげ》なく言《い》ってくれた言葉《ことば》に勝手《かって》にのぼせあがったわたしの責任《せきにん》なんだってことは、ちゃんとわかっている。

だけど、自分《じぶん》でもこの気持《きも》ちを持《も》てあましてしまって、どうしていいのかわからない。

いつだってなにかに腹《はら》が立《た》って、なにもかもにいらいらする。

自分《じぶん》のことも、まわりのことも、どうにでもなれって思《おも》ってしまうのだ。

信号《しんごう》が青《あお》に変《か》わり、わたしは先生《せんせい》に背《せ》をむけて歩《ある》きだした。

鼻《はな》の奥《おく》がつんとする。

(こんな気持《きも》ちのまま、家《いえ》に帰《かえ》りたくないなあ)

おかあさんは今日《きょう》、パートの日《ひ》。

だからまだ家《いえ》に帰《かえ》ってはいないだろうけど、顔《かお》を合《あ》わせたら、また言《い》わなくてもいいことを言《い》ってしまいそうだ。

かといって、どこへ行《い》けばいいのかもわからない。

学校帰《がっこうがえ》りでおさいふも持《も》っていないから、寄《よ》り道《みち》することもできないし。

しかたなく、駅前広場《えきまえひろば》のベンチに腰《こし》をおろした。

バスターミナルに面《めん》している木《き》のベンチ。杖《つえ》を持《も》ったおばあさんや、新聞《しんぶん》を読《よ》むおじさんが何人《なんにん》か座《すわ》っている。

ここなら、しばらく制服姿《せいふくすがた》で座《すわ》っていてもおかしいと思《おも》われることはないだろう。

ポケットからスマホを取《と》りだして、しばらくゲームをする。

でも、ちっとも楽《たの》しくなんてない。いろんな芸能人《げいのうじん》やモデルのSNS《エスエヌエス》を一巡《いちじゅん》しても、内容《ないよう》が頭《あたま》に入《はい》ってこない。

どれくらいそうしていただろう。

顔《かお》をあげて、花壇《かだん》の真《ま》ん中《なか》にある大時計《おおどけい》を見上《みあ》げると、夕方《ゆうがた》の五時半前《じはんまえ》だった。いつの間《ま》にかあたりは薄暗《うすぐら》くなり、外灯《がいとう》もついていた。

おかあさんが、そろそろパートから帰《かえ》ってくる時間《じかん》だ。

バスターミナルのまわりは、さっきよりもたくさんの人《ひと》たちが行《い》き交《か》い、みんなつかれた顔《かお》で足早《あしばや》に通《とお》りすぎていく。
さあっと風《かぜ》が吹《ふ》いて、スカートからのぞくわたしの足《あし》をなでた。ぶるっと身《み》ぶるいする。
(そろそろ、帰《かえ》ろうかな……)
かばんを持《も》ってベンチから立《た》ちあがったとたん、
キキッ
わたしの目《め》の前《まえ》で自転車《じてんしゃ》のブレーキ音《おん》がした。
おどろいて顔《かお》をあげると、クロスバイクにまたがった五十嵐《いがらし》がそこにいた。

# 5 駅《えき》前《まえ》広《ひろ》場《ば》で

（な、なんで五十嵐《いがらし》がここに……）

わたしは両手《りょうて》でかばんをかかえたまま、目《め》をみはった。

「あれっ、おまえ、こんなとこでなにしてんの？」

「べ、べつにいいでしょっ」

とっさに言《い》いかえすと、五十嵐《いがらし》はわたしの手《て》もとに目《め》を移《うつ》した。

「しっかし、いっつもスマホばっかいじってんだなー、おまえ」

五十嵐《いがらし》はクロスバイクにまたがったまま、あきれたように肩《かた》をすくめた。

「う、うるさいな、わたしの勝手《かって》でしょ。ほっといてよっ！」

手《て》に持《も》っていたスマホをさっとかばんのポケットに押《お》しこむ。

五十嵐《いがらし》は特《とく》に気《き》にした様子《ようす》もなく、

「ま、たしかにな」

そう言《い》って、にやっと笑《わら》った。

(なにこいつ、いっつもニヤニヤしちゃって、変《へん》なやつ！)

わたしは口《くち》をとがらせながらも、五十嵐《いがらし》の姿《すがた》をじろじろ見《み》た。

上下濃《じょうげこ》い紫色《むらさきいろ》のトレーニングウエアを着《き》て、背中《せなか》に派手《はで》な色《いろ》の大《おお》きなリュックを背負《せお》っている。

「あんたこそ、なにやってんのよ。今《いま》から、どっか行《い》くわけ？」

わたしが聞《き》くと、五十嵐《いがらし》はにこにこ笑《わら》ってうなずいた。

「うん、サッカーの練習《れんしゅう》」

(あ、そっか)

クラブチームは、学校単位《がっこうたんい》ではなく各地域《かくちいき》に練習場所《れんしゅうばしょ》があるんだとどこかで聞《き》いたことがある。きっと今《いま》からその練習《れんしゅう》にむかうのだろう。

(こんな時間《じかん》からあるんだ。学校《がっこう》の部活《ぶかつ》なら、もうあと三十分《ぷん》くらいで練習《れんしゅう》が終《お》わる時間《じかん》なのに)

「……ふーん、で、今《いま》からどこで練習《れんしゅう》あるの？」

すると、五十嵐《いがらし》はあっけらかんと答《こた》えた。

「すみれが丘《おか》」

「す、すみれがおかあ？」

思《おも》わず、すっとんきょうな声《こえ》がでた。

すみれが丘《おか》は、このあたりで一番大《いちばんおお》きな総合運動場《そうごううんどうじょう》がある場所《ばしょ》だ。わたしも一学期《がっき》、バレー部《ぶ》の試合《しあい》で何度《なんど》か行《い》ったことがある。

だけど最寄《もよ》り駅《えき》からは、途中《とちゅう》で別《べつ》の路線《ろせん》にのりかえて、一時間《じかん》ほどかかったはずだ。こんな時間《じかん》からすみれが丘《おか》まで、それも自転車《じてんしゃ》で行《い》くなんて、考《かんが》えただけで気《き》が遠《とお》くなる。

「っていうかさ、すみれが丘《おか》まで自転車《じてんしゃ》で行《い》けるものなの？　めちゃめちゃ遠《とお》くない？」

問《と》いただすように聞《き》いてみたけれど、それでも五十嵐《いがらし》はこともなげにうなずいた。

「そんなの、楽勝《らくしょう》だって。このチャリなら一時間《じかん》もかかんねーし。今日《きょう》は体育委員会《たいいくいいんかい》があったからこんな時間《じかん》だけど、いつもはもっと早《はや》いんだ。……あ、言《い》っとくけど、俺《おれ》、すみれが丘《おか》まで週五《しゅう》で通《かよ》ってんだぜ？」

「週《しゅう》五？　……信《しん》じらんない」

思《おも》わず絶句《ぜっく》する。

だいたい、行《い》きはまだいいとして、練習《れんしゅう》を終《お》えてくたくたになったあと、また同《おな》じ距離《きょり》を自転車《じてんしゃ》で帰《かえ》ってくるんだよね？

しかも、それを週《しゅう》に五回《かい》だなんて想像《そうぞう》しただけで、ぞっとする。

「なんでそんな遠《とお》いとこまで行《い》くわけ？」

あきれてわたしが聞《き》くと、五十嵐《いがらし》は目《め》をぱちぱちさせた。

「……なんでって、バイオレットじゃないといやだし。あ、もしかして、バイオレットって、知《し》らない？」

「いや、いちおう知《し》ってるけどさ」

バイオレットというのは、わたしたちが住《す》む地域《ちいき》にあるプロのサッカーチームだ。五十嵐《いがらし》は、そのユースチームに入《はい》っているらしい。

わたしはサッカーのことなんて詳《くわ》しくないからわからないけど、べつにバイオレットじゃなくても、この近《ちか》くにもいろいろサッカーチームがあるはずだ。

「バイオレット以外《いがい》じゃダメなわけ？」

わたしの質問《しつもん》に、五十嵐《いがらし》は当然《とうぜん》というふうにきっぱり首《くび》を横《よこ》にふった。

「つたりめーじゃん、ガキのころからバイオレットに入《はい》りたくて練習《れんしゅう》してきたんだから」

「ふーん、もしかしてプロになりたいって思《おも》ってるわけ？」

さめた口調《くちょう》で言《い》ったのに、五十嵐《いがらし》は熱《ねっ》っぽくうなずいた。

「もちろん！」

小学校《しょうがっこう》のころから、サッカーをしている男子《だんし》たちは時々《ときどき》そんなことを口《くち》にしていたけれど、ある程度《ていど》の年齢《ねんれい》になってくるとそれが途方《とほう》もない夢物語《ゆめものがたり》なんだってことが、だんだんわかってくる。

なのに五十嵐《いがらし》は、本気《ほんき》でそんなこと実現《じつげん》するって、思《おも》ってるのだろうか。

「でもまあ、それ以前《いぜん》にサッカー好《す》きだし。遠《とお》いとか、しんどいとか、あんま思《おも》わないんだよなあ」

ケロッとした顔《かお》で言《い》ってのける五十嵐《いがらし》を見《み》ていたら、なんだか猛烈《もうれつ》にイライラしてきた。

どうして自分《じぶん》はできるって思《おも》えるんだろう？

そんな自信《じしん》、いったいどこからくるわけ？

「でもさ、サッカーやってる子《こ》って多《おお》いでしょ？　そんななかでプロになれる子《こ》なんて、ほんのひとにぎりじゃん。努力《どりょく》したからってなれるかどうかわかんないのに、そこまでがんばる意味《いみ》なくない？」

わたしは、まくしたてるように言《い》ってやった。

おこるか、とまどうか、無視《むし》するか。

どんな反応《はんのう》を示《しめ》すかと身《み》がまえたけど、五十嵐《いがらし》は、ちっとも気《き》にするふうでもなくいつもと同《おな》じ調子《ちょうし》でへらっと笑《わら》った。

「ま、そうだけどさ。努力《どりょく》しないことには、話《はなし》にもなんないだろ？　やらないよりはやったほうが、ダメだったときもあきらめつくだろうしさ」

「……へえ」

（いったい、どこまで前《まえ》むきなわけ？）

いくら五十嵐《いがらし》にいじわるな質問《しつもん》をしたところで、ぜんぜん話《はなし》がかみあわない。なんだか拍子《ひょうし》ぬけしてしまって、わたしはもうそれ以上《いじょう》聞《き》くのをやめた。

「あ、やべ。もうこんな時間《じかん》だ」

五十嵐《いがらし》は、左手《ひだりて》にはめた腕時計《うでどけい》を見《み》て、あわてたようにクロスバイクのペダルに足《あし》をかけた。

「じゃ、俺《おれ》行《い》くわ。またな」

右手《みぎて》をあげてそう言《い》うと、五十嵐《いがらし》の背中《せなか》はあっという間《ま》に大通《おおどお》りの人《ひと》ごみのなかに消《き》えていった。

（ホント、へ〜んなやつ！）

駅前広場《えきまえひろば》の外灯《がいとう》を見上《みあ》げてふうっと息《いき》をつく。

時計《とけい》は、いつの間《ま》にか六時前《じまえ》になっていた。

（……しょうがない、わたしも、帰《かえ》るか）

かばんを肩《かた》にかけなおして、歩《ある》きだす。

駅前通《えきまえどお》りにあるコロッケ屋《や》の店先《みせさき》から揚《あ》げものの香《かお》りがして、おなかがグーっとなった。

(今日《きょう》の晩《ばん》ごはん、なにかな)

そう思《おも》ってから、あれっと気《き》がつく。

なぜだろう。

さっきまでのささくれだった気持《きも》ちがおさまり、いつの間《ま》にか、家《いえ》へむかう足取《あしど》りは軽《かる》くなっていた。

# 6 文化祭委員《ぶんかさいいいん》

二学期《がっき》は忙《いそが》しい。

ついこの間《あいだ》、ほとんど参加《さんか》しないまま体育祭《たいいくさい》が終《お》わったと思《おも》ったら、そのあと、すぐに中間《ちゅうかん》テストがあった。気《き》がつくと、もうすぐ十一月《がつ》になる。

ホームルームの時間《じかん》、ほおづえをついてぼうっとしていたら、担任《たんにん》の先生《せんせい》が黒板《こくばん》に『文《ぶん》化祭委員《かさいいいん》の選出《せんしゅつ》』と書《か》いた。

「テストが終《お》わってすぐだが、二週間後《しゅうかんご》には文化祭《ぶんかさい》がある」

先生《せんせい》の第一声《だいいっせい》に、クラスの子《こ》たちが顔《かお》をしかめた。

「えー。マジ？」

「この間体育祭《あいだたいいくさい》が終《お》わったとこじゃん」

みんなが口々《くちぐち》に文句《もんく》を言《い》うのを聞《き》いて、先生《せんせい》は苦笑《くしょう》しながら続《つづ》けた。

「まあまあ、そう言《い》うなよ。ただ、うちの文化祭《ぶんかさい》は体育祭《たいいくさい》ほど大《おお》がかりなものではないから、そこは安心《あんしん》してくれ。一年生《ねんせい》は夏休《なつやす》みの宿題《しゅくだい》などの展示《てんじ》が中心《ちゅうしん》になる」

そう言《い》いながら、プリントを配布《はいふ》しはじめた。

「ゲッ、もしかして、あの理科《りか》の自由研究《じゆうけんきゅう》、さらされるわけ？」

「英語《えいご》の課題《かだい》も？」

「最悪《さいあく》。こんなことならもっとまじめにやればよかった」

教室《きょうしつ》のあちこちから悲鳴《ひめい》があがる。

先生《せんせい》はそれらの声《こえ》を無視《むし》して、また黒板《こくばん》にむかってなにかを書《か》きはじめた。

「というわけで、例年《れいねん》、文化祭委員《ぶんかさいいいん》として、クラスの代表数名《だいひょうすうめい》に担当《たんとう》してもらっている。うちのクラスだと、この三人《にん》だな」

先生《せんせい》の言葉《ことば》に、なにげなく黒板《こくばん》を見《み》て、えっと声《こえ》をあげた。

『恒川《つねかわ》あずみ』

わたしの名前《なまえ》が書《か》いてある！

しかも、あとのふたりは夏月《なつき》と辻本《つじもと》さんだ。

（えーっ、最悪《さいあく》）

いっしょに委員《いいん》をしなくちゃいけないなんて、信《しん》じられない。

そんなの、ぜったいやだ。ありえない！

わたしはガタンとイスから立《た》ちあがった。

「どうしてわたしなんですかっ！」

すると、先生《せんせい》はこともなげに答《こた》えた。

「二学期《がっき》は行事《ぎょうじ》が多《おお》いから、みんなの負担《ふたん》を減《へ》らすためにも、この学校《がっこう》では毎日活動《まいにちかつどう》がない部活《ぶかつ》に入《はい》っているものに、文化祭委員《ぶんかさいいいん》になってもらってるんだよ。悪《わる》いな」

（なにそれ〜〜〜っ）

たしかに、夏月《なつき》と辻本《つじもと》さんは発足《ほっそく》したばかりであまり活動《かつどう》のない家庭科研究会《かていかけんきゅうかい》だし、わたしは今部活《いまぶかつ》に入《はい》っていない。

だからって、そんなのあり？

クラスのほかの子《こ》たちは、自分《じぶん》たちには関係《かんけい》ないと知《し》って、急《きゅう》にほっとしたような顔《かお》になった。さっきまで空気《くうき》が張《は》りつめていた教室《きょうしつ》が、一気《いっき》にざわざわとさわがしくなる。

その合間《あいま》に、先生《せんせい》はわたしと夏月《なつき》、それから辻本《つじもと》さんの机《つくえ》の上《うえ》にそれぞれプリントを置《お》いた。

「早速説明会《さっそくせつめいかい》が今日《きょう》の放課後《ほうかご》、理科室《りかしつ》であるから必《かなら》ず出席《しゅっせき》するように。じゃあ、これでホームルームは終《お》わり」

先生《せんせい》がそう言《い》うと、日直《にっちょく》が号令《ごうれい》をかける。

「起立《きりつ》、礼《れい》！」

文句《もんく》を言《い》ってやろうと急《いそ》いで顔《かお》をあげたけど、先生《せんせい》はもうさっさと教室《きょうしつ》からでていってしまったあとだった。きっと、わたしから逃《に》げるためだろう。

（あ〜、もうサイアク）

むすっとしながら教科書《きょうかしょ》をかばんにつめていると、わたしの机《つくえ》の前《まえ》に夏月《なつき》と辻本《つじもと》さんが集《あつ》まってきた。

「あのう、よかったら、理科室《りかしつ》までいっしょに行《い》く？」

おずおずと聞《き》いてくる夏月《なつき》の顔《かお》を、じろっとにらむ。

「いい。ひとりで行《い》くから」

ぴしゃりとそう答《こた》えて、かばんを持《も》って教室《きょうしつ》からでた。

そのわたしのうしろを、夏月《なつき》と辻本《つじもと》さんがだまってついてくる。

同《おな》じ委員《いいん》なんだから、ついてくるなとは言《い》えないし、しばらく微妙《びみょう》に距離《きょり》を置《お》いて理科《りか》室《しつ》へとむかう。

(あ～、もう、なんでこんなことになっちゃったのよう！)


理科室《りかしつ》に入《はい》ると、各《かく》クラスの文化祭委員《ぶんかさいいいん》がすでに集《あつ》まっていた。

うしろのほうの席《せき》はほぼ埋《う》まっていて、前《まえ》のほうしかあいていない。

(げーっ、やだな)

そう思《おも》って目《め》をこらすと、うしろにも少《すこ》しだけあいている席《せき》を見《み》つけた。

(よかった。あそこに座《すわ》ろうっと)

そうしている間《あいだ》に、夏月《なつき》と辻本《つじもと》さんが追《お》いついてきた。

「ねえ、あずみ。クラスでかたまってたほうがいいし、いっしょに座《すわ》ろうよ」

夏月《なつき》が声《こえ》をかけてきたけれど、

「わたし、ひとりのほうがいい」

つめたくそう答《こた》えて、ふたりを置《お》いてうしろのほうへ歩《ある》いていった。

「すみません、ここいいですか？」

声《こえ》をかけて座《すわ》ろうとして、その顔《かお》を見《み》てぎょっとする。

（い、五十嵐《いがらし》っ！）

「いよっ、奇遇《きぐう》だな」

「なんであんたがこんなとこいるわけ？」

ほかの人《ひと》の手前《てまえ》、ぼそぼそと小声《こごえ》でたずねたら、五十嵐《いがらし》は肩《かた》をすくめた。

「だって、先生《せんせい》にやれって言《い》われたし」

「でも、あんたサッカーのクラブチームに入《はい》ってるんでしょ？」

すると五十嵐《いがらし》はちょっとだけ口《くち》をとがらせて答《こた》えた。

「そうなんだけどさ、うちの学校《がっこう》って、全員《ぜんいん》なにかの部活《ぶかつ》に入《はい》んなきゃいけねえだろ？

だから俺《おれ》、しゃーなしに入《はい》ってるんだ。……茶道部《さどうぶ》に」

「……茶道部《さどうぶ》？」

口《くち》のなかでくりかえしてから、ぷっと吹《ふ》きだした。

いかにもサッカー少年《しょうねん》みたいな五十嵐《いがらし》が、正座《せいざ》をしてお茶《ちゃ》を飲《の》んでいる姿《すがた》を想像《そうぞう》したら、笑《わら》える！

しばらくくすくす笑《わら》っていたら、五十嵐《いがらし》が目《め》を真《ま》ん丸《まる》にしてわたしを見《み》た。

「へえ〜、おまえが笑《わら》ってんの、初《はじ》めて見《み》た」

そう言《い》われて、あわてて顔中《かおじゅう》の筋肉《きんにく》を引《ひ》きしめて笑《わら》うのをやめた。

「う、うるさいわね。笑《わら》ってなんかないわよ」

わざとしかめっつらを作《つく》って、プイッと顔《かお》をそむける。

「なに言《い》ってんだよ。今《いま》、笑《わら》ってたじゃん。あのさ、おまえ、いっつも眉間《みけん》にしわ寄《よ》せてむすっとしてるけど、そうやって笑《わら》ってたほうがいいぜ、ぜったい」

「はあ〜？　あんたにそんなこと言《い》われる筋合《すじあ》いないしっ！」

思《おも》わず言《い》いかえしたけど、五十嵐《いがらし》はまったく気《き》にしない。

「っていうかさ、おまえクラスの子《こ》といっしょにいなくていいわけ？　文化祭委員《ぶんかさいいいん》、ほかにいねえの？」

そう言《い》って、きょろきょろあたりを見《み》る。

「いいでしょ、べつに」

わたしが言《い》いかえすと、

「ま、俺《おれ》のとなりがいいならそれでもいいけどさ」

軽《かる》い口調《くちょう》で言《い》われてムカッとくる。

「そんなんじゃないし！」

声《こえ》を荒《あら》らげたとたん、前《まえ》に立《た》っていた先生《せんせい》に注意《ちゅうい》された。

「そこ、さっきからうるさいぞ。静《しず》かにしなさい」

（……えっ、わたし？）

となりに座《すわ》る五十嵐《いがらし》は、自分《じぶん》には関係《かんけい》ありませんって顔《かお》をして、前《まえ》をむいている。

（ムカーッ！）

文句《もんく》を言《い》ってやりたいけど、また先生《せんせい》に注意《ちゅうい》されてしまう。

わたしはほっぺたをふくらませたまま、しぶしぶ、前《まえ》を見《み》た。

（こいつといると、ホントいらいらする！）

委員会《いいんかい》に出席《しゅっせき》している全員《ぜんいん》の名前《なまえ》を確認《かくにん》したところで、担当《たんとう》の先生《せんせい》が、文化祭《ぶんかさい》までの流《なが》れを説明《せつめい》しはじめた。

担任《たんにん》の先生《せんせい》が言《い》っていたとおり、文化祭《ぶんかさい》は舞台発表《ぶたいはっぴょう》がある三年生以外《ねんせいいがい》は展示《てんじ》が中心《ちゅうしん》なので、委員《いいん》の仕事《しごと》はさほど大変《たいへん》ではないようだ。

一、二年《ねん》の文化祭委員《ぶんかさいいいん》は自分《じぶん》のクラスの展示《てんじ》だけをするのではなく、学年全体《がくねんぜんたい》の展示《てんじ》を、いくつかの班《はん》にわかれて担当《たんとう》するらしい。

「それでは今《いま》から一年生《ねんせい》と二年生《ねんせい》は、男子《だんし》と女子《じょし》がほぼ半分《はんぶん》ずつになるように調整《ちょうせい》して、それぞれ班《はん》を作《つく》ってください。学年《がくねん》とクラスは特《とく》に気《き》にしなくてもいいです」

先生《せんせい》が言《い》いおわらないうちに、みんなが移動《いどう》を始《はじ》める。

(あ〜あ、班《はん》わけかあ)

学校《がっこう》の行事《ぎょうじ》は苦手《にがて》だ。

だれかと協力《きょうりょく》しあって、なにかをなしとげるようにって言《い》われるから。

決《き》まった友《とも》だちもいなくて、部活《ぶかつ》にも入《はい》っていないわたしは、こういうとき、どこにも入《はい》る場所《ばしょ》がない。

ちらっと顔《かお》をあげると、夏月《なつき》と辻本《つじもと》さんがわたしのほうへ歩《ある》いてくるのが見《み》えた。わざと見《み》えないふりをして、そっぽをむく。

(どうせ、いっしょにやろうなんて言《い》ってくるんだろうけど、あのふたりとだけはぜったいやだ。わたしみたいなあぶれもの、どうせ最後《さいご》にひとりのこるだろうから、先生《せんせい》がどうにかしてくれるだろう)

そう思《おも》ってじっと動《うご》かずにひとりでイスに座《すわ》っていたら、いきなり左腕《ひだりうで》をつかまれた。

「ひゃっ」

「おい、なにぼけっとしてんだよ。さっさとどっかの班《はん》に入《い》れてもらおうぜ」

顔《かお》をあげると、思《おも》ったとおり、五十嵐《いがらし》だった。

「うるさいな、わたしのことはほっといてよ」

小声《こごえ》で言《い》いかえして、腕《うで》をふり払《はら》う。だけど、すぐに五十嵐《いがらし》はもう一度《いちど》わたしの腕《うで》をつかんだ。

「すみません、こいつも俺《おれ》といっしょにそこ入《はい》ります！　えっと、一年《ねん》二組《くみ》と六組《ろっくみ》です」

「えっ」

おどろいている間《あいだ》に、ずるずると教室《きょうしつ》の前《まえ》のほうへ引《ひ》きずられていく。

目《め》のはしに、おどろいている夏月《なつき》と辻本《つじもと》さんの姿《すがた》が見《み》える。

「あれ、五十嵐《いがらし》くんとあずみって友《とも》だちなの？」

夏月《なつき》がわたしと五十嵐《いがらし》の顔《かお》を見《み》くらべてたずねると、五十嵐《いがらし》がうんとうなずいた。

「足立《あだち》さんたちも、二組《くみ》だっけ。じゃあ、いっしょにあっちの班《はん》に入《い》れてもらおうよ」

「それはいいけど……」

ふたりがとまどったようにわたしを見《み》つめる。

「わ、わたし、やるなんて言《い》ってないでしょ」

しつこく言《い》いかえそうとしたら、五十嵐《いがらし》がめずらしく真剣《しんけん》な顔《かお》でわたしを見《み》た。

「あのさ、おまえがわがまま言《い》うのは勝手《かって》だけど、俺《おれ》らだけならともかく、先輩《せんぱい》たちもいるんだぜ？　ここに来《き》てるメンバー、俺《おれ》もふくめて外《そと》でクラブチームに入《はい》ってるやつが多《おお》いから、みんな早《はや》く話《はな》し合《あ》い終《お》わらせて練習《れんしゅう》に行《い》きたいんだよ。わかるだろ？」

強《つよ》い口調《くちょう》で五十嵐《いがらし》に説明《せつめい》されて、しかたなくだまりこむ。

（まあ、たしかにそう言《い》われてみたらそうだけど）

うつむいていたら、五十嵐《いがらし》がわたしの腕《うで》をぱっとはなした。

「それにさ、どうせやるなら楽《たの》しくやるほうがいいじゃん。なっ？」

「……わかったわよ」

しぶしぶうなずくと、

「おーし、いい子《こ》いい子《こ》」

五十嵐《いがらし》はにこっと笑《わら》って、わたしの頭《あたま》をなでた。

ふいに頭《あたま》にのせられた大《おお》きくてあたたかい手《て》の感触《かんしょく》に、どきっとする。

「ちょっと、さわらないでよっ！」

思《おも》わず五十嵐《いがらし》の手《て》を払《はら》いのけたら、そばにいた二年《ねん》の先輩《せんぱい》たちが声《こえ》をだして笑《わら》った。

「おい、翔《しょう》、おまえ、女子《じょし》にいやがられてんじゃん」

先輩《せんぱい》たちにからかわれて、

「かんべんしてくださいよ〜」

五十嵐《いがらし》も、あははと笑《わら》っている。

その様子《ようす》を夏月《なつき》と辻本《つじもと》さんが見《み》て、くすくす笑《わら》いだした。

笑《わら》いの渦《うず》の真《ま》ん中《なか》で、わたしはいったいどういう表情《ひょうじょう》をすればよいのかがわからなくて、ただその場《ば》に立《た》ちつくした。

なによ、もう。

ホントこいつといると、調子《ちょうし》狂《くる》う！


それからしばらく、班《はん》にわかれて話《はな》し合《あ》いが行《おこな》われた。

今日《きょう》の話《はな》し合《あ》いで、各班《かくはん》がどこの展示《てんじ》を担当《たんとう》するか決《き》めたあと、そこから班《はん》のなかでさらに細《こま》かく展示《てんじ》の場所《ばしょ》を決《き》めた。あとはそれぞれの担当《たんとう》が都合《つごう》のいい時間帯《じかんたい》に展示方法《てんじほうほう》を決《き》めて先生《せんせい》に許可《きょか》をもらい、前日《ぜんじつ》に一気《いっき》に作業《さぎょう》をするという方式《ほうしき》だ。

これなら、学外《がくがい》でクラブチームに入《はい》っていたり、おけいこ事《ごと》をしていたりする生徒《せいと》にも大《おお》きな負担《ふたん》にはならない。

わたしと五十嵐《いがらし》のいる班《はん》は、一年生《ねんせい》の展示《てんじ》ブースのなかで、家庭科室《かていかしつ》の担当《たんとう》になった。

夏休《なつやす》みにだされた課題《かだい》を、それぞれ壁面《へきめん》と机《つくえ》を使《つか》って展示《てんじ》することになっている。

一年生《ねんせい》の夏休《なつやす》みの課題《かだい》は、『ある日《ひ》の昼《ひる》ごはん』だった。

みんなが写真《しゃしん》つきで画用紙《がようし》に書《か》いたレシピを見《み》やすいように壁面《へきめん》に飾《かざ》ることと、誘導用《ゆうどうよう》のポスターを廊下《ろうか》の壁《かべ》に掲示《けいじ》するだけでいいらしい。あとは、当日《とうじつ》の案内係《あんないがかり》をすればいいだけだ。

「悪《わる》いけど、俺《おれ》、五時《じ》までには帰《かえ》んなきゃいけないから、ちゃっちゃと決《き》めようぜ。えっと、河野《こうの》は得意《とくい》のパソコンでポスター作《づく》りしてもらっていい？　前日《ぜんじつ》までに作《つく》っといてくれたら、俺《おれ》、貼《は》っとくから。で、俺《おれ》と恒川《つねかわ》と足立《あだち》さんと辻本《つじもと》さんは前日《ぜんじつ》の壁面掲示担《へきめんけいじたん》当《とう》。これで決定《けってい》でいい？」

五十嵐《いがらし》が、てきぱきと指示《しじ》をだす。

わたしたちの班《はん》にもうひとりいた一年生《ねんせい》の河野《こうの》くんは、五十嵐《いがらし》と同《おな》じ六組《ろっくみ》だそうだ。コンピューター部《ぶ》に在籍《ざいせき》しているらしい。

あまり人《ひと》と話《はなし》をするのが得意《とくい》なタイプではないらしく、ずっとだまっていたけれど、ポスター担当《たんとう》と言《い》われて、ホッとした表情《ひょうじょう》をしていた。

「恒川《つねかわ》たちは今週中《こんしゅうちゅう》に家庭科《かていか》の先生《せんせい》に一年全員《ねんぜんいん》で何枚画用紙《なんまいがようし》があるか確認《かくにん》しといて。それわかったら、俺《おれ》が壁面《へきめん》掲示《けいじ》用《よう》のクリップと暗幕《あんまく》の数《かず》を計算《けいさん》して、文化祭《ぶんかさい》委員《いいん》の先生《せんせい》に申請《しんせい》しとくから。そしたらあとは、前日《ぜんじつ》にばーっと掲示《けいじ》するだけですむだろ？」

「……えっ、ああ、そうだね」

ほかの班《はん》はまだ話《はな》し合《あ》いをしているけれど、わたしたちは五十嵐《いがらし》のおかげで、あっという間《ま》に決《き》まってしまった。

同《おな》じ班《はん》の二年生《ねんせい》の先輩《せんぱい》に聞《き》くと、決《き》まったのならもう帰《かえ》ってもいいという。

「じゃ、それぞれ担当《たんとう》の仕事《しごと》、頼《たの》むな！」

五十嵐《いがらし》に言《い》われて、わたしと夏月《なつき》、それから辻本《つじもと》さんと河野《こうの》くんもひょこっと首《くび》をすくめる。

「さっ、終《お》わった、終《お》わった。じゃあ、俺《おれ》、先帰《さきかえ》るし」

五十嵐《いがらし》はかばんをひょいと背負《せお》うと、

「おつかれ〜！」

そう言《い》ったかと思《おも》うと、風《かぜ》のように行《い》ってしまった。

「五十嵐《いがらし》くんのおかげで、早《はや》く決《き》まったね」

夏月《なつき》が、ぼそっとつぶやく。

「……そうだね」

なんて答《こた》えていいかわからず、もごもごと答《こた》える。

「それじゃあ」

河野《こうの》くんがわたしたちにぺこりと頭《あたま》をさげて、教室《きょうしつ》からでていった。あとには、夏月《なつき》と辻本《つじもと》さん、それからわたしが取《と》りのこされてしまった。

「ごめん、わたしも帰《かえ》るから！」

夏月《なつき》にしゃべりかけられないうちに、わたしも急《いそ》いでかばんを持《も》って、教室《きょうしつ》からでる。

ばたばたと階段《かいだん》をかけおりて昇降口《しょうこうぐち》までてでから、わたしはふうっと大《おお》きく息《いき》をはいた。

(なんか、変《へん》なことになっちゃったな)

# 7 黒《くろ》い靄《もや》

次《つぎ》の日《ひ》の昼休《ひるやす》み、わたしは早速《さっそく》五十嵐《いがらし》に言《い》われたとおり、家庭科《かていか》の先生《せんせい》のところまで、課題《かだい》の枚数《まいすう》を聞《き》きに行《い》った。

「あら、もう聞《き》きに来《き》てくれたのね。七クラス合《あ》わせてぜんぶで二百五枚《まい》よ。未提出《みていしゅつ》の子《こ》が十四人《にん》いるんだけど、もしかしたら文化祭《ぶんかさい》までに提出《ていしゅつ》してくる子《こ》がいるかもしれないから、その分《ぶん》ちょっと余裕《よゆう》を持《も》たせておいてくれるかしら」

「わかりました」

枚数《まいすう》をメモに取《と》り、家庭科室《かていかしつ》をあとにする。

(さ、お昼《ひる》ごはん食《た》べようっと)

例《れい》の階段《かいだん》へむかおうとお弁当袋《べんとうぶくろ》を片手《かたて》に階段《かいだん》をあがろうとしたところで、ちょうど階段《かいだん》からおりてきた夏月《なつき》と辻本《つじもと》さんとばったり出《で》くわした。

「あずみ……！」

「もしも家庭科《かていか》の先生《せんせい》に課題《かだい》の枚数《まいすう》のことを聞《き》きに来《き》たのなら、もうわたしが聞《き》いておいたから」

早口《はやくち》でそう言《い》うと、夏月《なつき》がちらっとわたしが手《て》に持《も》っているお弁当袋《べんとうぶくろ》を見《み》た。

「ねえ、あずみ。お昼《ひる》ごはん、どこで食《た》べるの？　よかったら、今《いま》からわたしたちと食《た》べない？」

「いい」

わたしはきっぱりと首《くび》を横《よこ》にふり、ふたりを置《お》いて歩《ある》きだした。

すると、

「ねえ！」

うしろから、夏月《なつき》が声《こえ》をあげた。

「よかったら、あずみも『家庭科研究会《かていかけんきゅうかい》』、入《はい》らない？　部員《ぶいん》、わたしたちだけだし、のんびりしていて気楽《きらく》だよ」

ふりかえると、夏月《なつき》はとなりに立《た》つ辻本《つじもと》さんに「ねっ」と声《こえ》をかけた。

辻本《つじもと》さんも、夏月《なつき》の顔《かお》を見《み》てうなずきかえす。

そのふたりの様子《ようす》に、カチンときた。

なによ、それ。

わたしのこと、かわいそうとでも思《おも》ってるわけ？

ばかにしないでよ！

とたんに、わたしのなかでどす黒《ぐろ》い靄《もや》が広《ひろ》がっていく。

「入《はい》らないわよ、そんな気持《きも》ち悪《わる》い部活《ぶかつ》」

わたしの言葉《ことば》に、ふたりが「えっ」と声《こえ》をあげる。

とまどうふたりを見《み》ていたら、おなかの底《そこ》からむくむくといじわるな感情《かんじょう》がこみあげてきた。

「夏月《なつき》って、すごいね。わたしといっしょになって辻本《つじもと》さんの悪口《わるくち》言《い》ってたくせに、今《いま》になってそんな親友面《しんゆうづら》、よくできるねえ。つくづく感心《かんしん》するよ」

はきすてるようにそう言《い》うと、夏月《なつき》の顔《かお》が一瞬《いっしゅん》で青《あお》ざめた。

その表情《ひょうじょう》を見《み》て、気持《きも》ちが高《たか》ぶる。

心《こころ》が、いやな気持《きも》ちに支配《しはい》されていく。

「いまさらそんな部活《ぶかつ》にわたしを誘《さそ》って、いい子《こ》ぶらないでよね！」

わたしの言葉《ことば》に、夏月《なつき》は今《いま》にも泣《な》きそうな顔《かお》でくちびるをかみしめている。

（ふん、いい気味《きみ》だよ）

自分《じぶん》が安全《あんぜん》な場所《ばしょ》を見《み》つけたからって、わたしのことを哀《あわ》れんだりするからだ。

わたしは髪《かみ》をひるがえし、階段《かいだん》にむかって歩《ある》きだした。

すると、

「待《ま》って、恒川《つねかわ》さん」

うしろから声《こえ》がした。

ふりかえると、辻本《つじもと》さんが赤《あか》い顔《かお》でわたしをまっすぐに見《み》つめていた。

「夏月《なつき》ちゃん、恒川《つねかわ》さんのこと、いつも心配《しんぱい》してるよ。恒川《つねかわ》さんがお昼休《ひるやす》みとか休《やす》み時間《じかん》にどこかに行《い》っちゃうことも、部活《ぶかつ》がまだ決《き》まっていないことも、いつもひとりでいることも」

か細《ぼそ》い声《こえ》でそう言《い》うと、となりに立《た》つ夏月《なつき》の手《て》をぎゅっとにぎった。

「わたしも、夏月《なつき》ちゃんといっしょに恒川《つねかわ》さんのこと、心配《しんぱい》してる。だから、わたしたちでなにか力《ちから》になれることがあったら、いつでも言《い》ってほしいなって思《おも》ってる。それだけは、わかって」

正直《しょうじき》言《い》って、かなりおどろいた。

辻本《つじもと》さんって、ただおとなしいだけの子《こ》だと思《おも》っていたのに、わたしにむかってこんなこと言《い》うなんて。

目《め》に涙《なみだ》をためた夏月《なつき》と、そのとなりでくちびるをかみしめている辻本《つじもと》さんの顔《かお》を見《み》くらべた。

ふたりは、しっかり手《て》をにぎりあっている。

（……なによ、このふたり）

いい子《こ》ぶっちゃって、ムカつく。

わたしのことなんて、なんにもわかってないくせに！

「よけいなお世話《せわ》、焼《や》かないで。わたし、べつに、だれかに助《たす》けてもらおうなんて思《おも》ってないから！」

キツイ調子《ちょうし》で言《い》いかえし、その場《ば》からかけだした。

なによ、なによ。

ふたりして、わたしのこと、ばかにして……！

一階《いっかい》から一気《いっき》に階段《かいだん》をかけあがり、屋上《おくじょう》に通《つう》じる階段《かいだん》にたどりつく。すると、そこにはすでに五十嵐《いがらし》がスマホを片手《かたて》に座《すわ》っていた。

「いよっ、今日《きょう》はおせえじゃん」

（また、来《き》てる……！）

ぜいぜいと息《いき》をととのえ、にらみつける。

今《いま》、最低最悪《さいていさいあく》な気持《きも》ちなのに、五十嵐《いがらし》となんて顔《かお》を合《あ》わせたくない！

「うるさいわねっ。わたしのことはほっといてっていつも言《い》ってるでしょ！」

かみつくようにそう言《い》うと、五十嵐《いがらし》は肩《かた》をすくめた。

「なにおこってんだよ、機嫌《きげん》わりいなあ。いいけど、文化祭委員《ぶんかさいいいん》の仕事《しごと》だけはちゃんとしてくれよな」

「言《い》われなくても、ちゃんとやってるわよっ！　あんたに言《い》われたとおり、家庭科《かていか》の先生《せんせい》に課題《かだい》の枚数《まいすう》、聞《き》きに行《い》ったからねっ！」

そう言《い》って、さっき先生《せんせい》に言《い》われた枚数《まいすう》を書《か》きつけたメモを差《さ》しだした。

「おーっ、仕事《しごと》はええ！　優秀《ゆうしゅう》、優秀《ゆうしゅう》。じゃあ、あとは俺《おれ》が準備物《じゅんびぶつ》を申請《しんせい》しとけば前日《ぜんじつ》は楽勝《らくしょう》だな」

五十嵐《いがらし》はメモを見《み》ながらにこにことうなずいた。

「ねえ、わたし、今《いま》からお弁当《べんとう》食《た》べるんだけど」

だからどこかへ行《い》ってくれという意味《いみ》をこめて言《い》ったのに、五十嵐《いがらし》は一瞬《いっしゅん》目《め》をまるくしてから、「あ、わりい。俺《おれ》、もう食《く》っちゃった」と、とんちんかんなことを言《い》いだした。

「だれもあんたと食《た》べたいなんて言《い》ってないし！」

思《おも》わずそう言《い》うと、五十嵐《いがらし》は手《て》をふってにこにこ笑《わら》った。

「あ、大丈夫《だいじょうぶ》、大丈夫《だいじょうぶ》。俺《おれ》のことは気《き》にしなくて食《く》ってくれていいから」

（……こいつ、なに言《い》ってもムダだ）

がっくり肩《かた》を落《お》として、五十嵐《いがらし》からはなれたところに腰《こし》をおろした。

（んも～。男子《だんし》がいるそばでお弁当《べんとう》食《た》べるなんていやなんだけど！）

しかも、今日《きょう》のメニューは、よりによって鶏《とり》のから揚《あ》げだ。

我《わ》が家《や》のから揚《あ》げは、にんにくがたっぷり効《き》いている。普段《ふだん》は大好《だいす》きなおかずだけど、あまりにも間《ま》が悪《わる》すぎる。

(おかあさんったら、昨日《きのう》の晩《ばん》ごはんののこりものつめて！　めっちゃにおうじゃん！)

なるべくにんにくのにおいが広《ひろ》がらないように、お弁当《べんとう》のふたでガードしてもそもそと食《た》べはじめる。

「あのさあ」

五十嵐《いがらし》がスマホの画面《がめん》を見《み》ながら声《こえ》をかけてきた。

「な、なによっ！」

から揚《あ》げのにおいのことを言《い》われるのかと、思《おも》わず身《み》がまえる。

「おまえ、足立《あだち》さんと辻本《つじもと》さんとケンカでもしてるの？」

どきーんとして聞《き》きかえす。

「そっ、そんなこと聞《き》いてどうすんの？」

まさか、わたしがさっき夏月《なつき》にひどいことを言《い》ったのを、どこかで聞《き》いたんだろうか。

そう思《おも》ってどきどきしていると、五十嵐《いがらし》はスマホから顔《かお》をあげずに答《こた》えた。

「いや、べつに。同《おな》じクラスなのに、この間《あいだ》の委員会《いいんかい》のとき、わざわざはなれて座《すわ》ってたみたいだから、なんかあるのかなーと気《き》になっただけ。あー、おまえ、二組《くみ》かあ。いいよなあ」

「どこがよ」

二組《くみ》のなにがいいのか、わからない。

興味《きょうみ》なさげに返事《へんじ》をすると、五十嵐《いがらし》が続《つづ》けて言《い》った。

「俺《おれ》、二組《くみ》に好《す》きな子《こ》がいるんだよね」

「……はっ？」

思《おも》わず、おはしを動《うご》かす手《て》を止《と》めて、五十嵐《いがらし》のほうを見《み》る。

五十嵐《いがらし》は、知《し》らん顔《かお》でスマホを見《み》つめていた。

# 8 おどろきの告白《こくはく》

(あ、そういうことね)

きっとその『好《す》きな子《こ》』っていうのは、辻本《つじもと》さんのことだ。

だからさっき、わたしに辻本《つじもと》さんたちとケンカしてるのか、なんて聞《き》いてきたんだろう。

辻本《つじもと》さんは、アイドルみたいにかわいい子《こ》だ。

ほかのクラスの男子《だんし》たちも、辻本《つじもと》さんのことをかわいいってさわいでいると聞《き》いたことがある。

同《おな》じ小学校《しょうがっこう》だったみたいだし、きっと昔《むかし》から、辻本《つじもと》さんに片思《かたおも》いしていたにちがいない。

それでわたしに仲《なか》を取《と》りもってほしいとでも言《い》うつもりなんだろう。

(つたく、男子《だんし》ってこれだからいやなんだよ)

わたしはわざといじわるく言《い》ってやった。

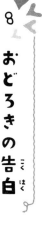

「あっそ、でも、残念《ざんねん》だったね。あの子《こ》、ちゃーんと彼氏《かれし》いるし」

すると、五十嵐《いがらし》はスマホを持《も》つ手《て》をだらんとさげて、はあ〜っと息《いき》をはいた。

「そうなんだよなあ〜。あいつ、彼氏《かれし》いるんだよなあ」

(男子《だんし》って、ホントああいうタイプが好《す》きだよね)

かわいらしくて、おっとりしていて、ピンクが似合《にあ》うようないかにも女子《じょし》って感《かん》じの子《こ》。

深田先生《ふかだせんせい》の彼女《かのじょ》も、辻本《つじもと》さんみたいなタイプだった。

ならんで歩《ある》くふたりの姿《すがた》を思《おも》いだして、ぎゅっとくちびるをかみしめる。

「……って、あれ？　おまえ、なんで俺《おれ》があいつのこと好《す》きって知《し》ってんの？　もしかして、林《はやし》から聞《き》いた？」

五十嵐《いがらし》があわてたようにわたしのほうへふりかえる。

「まいまい？」

思《おも》わず聞《き》きかえす。

(なんでここで、ぜんぜん関係《かんけい》のないまいまいの名前《なまえ》がでるんだろう？)

不思議《ふしぎ》に思《おも》ったけど、すぐに思《おも》いだした。

そういえば、体育祭前《たいいくさいまえ》、五十嵐《いがらし》は同《おな》じ体育委員《たいいくいいん》のまいまいに会《あ》うためによく教室《きょうしつ》に来《き》ていたっけ。

それなら、わたしなんかに頼《たの》まずに、まいまいに仲《なか》を取《と》りもってもらえばいいのに。

「ううん、聞《き》いてないよ。あてずっぽうで言《い》っただけ。でも、だれだってわかるでしょ。辻本《つじもと》さん、かわいいし」

わたしの言葉《ことば》に、今度《こんど》は五十嵐《いがらし》がぽかんと口《くち》をあける。

「……はっ？　なんで辻本《つじもと》さん？　小学校《しょうがっこう》は同《おな》じだったはずだけど、俺《おれ》、この間《あいだ》の委員会《いいんかい》までしゃべったことなかったし」

まじまじと五十嵐《いがらし》の顔《かお》を見《み》る。

照《て》れかくしで言《い》っているのかと思《おも》ったけど、本気《ほんき》でちがうようだ。

「じゃあ、だれなのよ。あんたが好《す》きな子《こ》って」

問《と》いつめるように顔《かお》を近《ちか》づけると、五十嵐《いがらし》はけろっとした表情《ひょうじょう》で答《こた》えた。

「林麻衣《はやしまい》」

「えっ！」

わたしは思《おも》わず、持《も》っていたおはしをぽろりと落《お》とした。ひざの上《うえ》にころがったおはしをあわてて持《も》ちなおす。

「まいまい？　ウソ。なんで？　ってか、あんた知《し》らないの？　まいまいも、彼氏《かれし》いるよ。一組《くみ》の小坂《こさか》って子《こ》」

わたしが言《い》うと、五十嵐《いがらし》はまたわたしに背中《せなか》をむけた。

「だから、知《し》ってるってば。だって俺《おれ》、告白《こくはく》してふられたし」

「えーっ！」

わたしは持《も》ちなおしたおはしを、また落《お》としそうになった。

まいまいと五十嵐《いがらし》？

たしかに体育委員《たいいくいいん》でよくしゃべっていたのは知《し》っていたけど、まさかそんな展開《てんかい》になってるなんて夢《ゆめ》にも思《おも》わなかった。

こんなこと言《い》ったら失礼《しつれい》だけど、まいまいは元気《げんき》いっぱいでボーイッシュな雰囲気《ふんいき》の子《こ》だ。小坂《こさか》くんとだって、恋人同士《こいびとどうし》というより、じゃれあってる姉弟《きょうだい》みたいな感《かん》じだし。

なのに、いったい、いつの間《ま》にそんなことになってたんだろう？

ぜんぜん知《し》らなかった！

「じゃ、じゃあ、しょうがないじゃん。あきらめるしか」

「そうなんだけどさ〜。でもやっぱ、好《す》きなんだよなあ」

五十嵐《いがらし》が背中《せなか》をまるめて、ため息《いき》をつく。

「告白《こくはく》して、ふられたんでしょ？　なのにまだあきらめられないの？　ってかそれ、ストーカーじゃん！　男《おとこ》ならいさぎよくあきらめなよ」

わたしが早口《はやくち》でまくしたてると、五十嵐《いがらし》はむうっとほおをふくらませてわたしのほうへふりかえった。

「しつこく言《い》い寄《よ》ったりなんかしてねえよ。ただ、好《す》きなだけ。いっぺん好《す》きになっちゃったのに、そんなにすぐに忘《わす》れられるわけねえじゃん」

「ばっかじゃないの？　ほかにだれか好《す》きな人《ひと》がいる子《こ》なんて、好《す》きになってもしかたないじゃん」

あきれたようにわたしが言《い》うと、

「おまえ、わかってねえなあ」

五十嵐《いがらし》はそう言《い》って、今度《こんど》は体《からだ》ごとわたしのほうへむきなおった。

「じゃあ聞《き》くけど、恒川《つねかわ》は最初《さいしょ》からうまくいくってわかってないと、だれかのこと、好《す》きにならないわけ？」

その言葉《ことば》に、どきっとする。

深田先生《ふかだせんせい》のことを好《す》きになったとき、最初《さいしょ》からうまくいくなんて思《おも》っていなかった。

だって、先生《せんせい》は大人《おとな》で、わたしは子《こ》どもだし。

でも、気《き》がついたら好《す》きになっていた。結局《けっきょく》、先生《せんせい》には、彼女《かのじょ》がいたんだけど。

「そういうわけじゃ、ないけどさ……」

五十嵐《いがらし》の迫力《はくりょく》に押《お》されて、小声《こごえ》になる。それでも、気《き》を取《と》りなおして言《い》いかえした。

「でもさ、思《おも》いが百《ひゃく》パーセント伝《つた》わらないってわかってて、それでも好《す》きでいるって、つらくない？」

「ぜ～んぜん」

五十嵐《いがらし》は、明《あか》るい声《こえ》で言《い》うと、ニタッと笑《わら》った。

「好《す》きな子《こ》が笑《わら》ってたら、俺《おれ》、それだけでしあわせなんだ。……ま、ホントは俺《おれ》が笑《わら》わせてあげられたら一番《いちばん》いいんだけど」

するると、五十嵐《いがらし》のスマホがとつぜんぶるっとふるえた。

「あ、やべ。あと五分《ふん》でチャイムなるぞ」

「え」

わたしはおどろいて、背筋《せすじ》を伸《の》ばした。

「チャイムがなる五分前《ふんまえ》にバイブかけてんの。ってかおまえ、しゃべってねえで早《はや》く弁当《べんとう》食《く》えよ。昼休《ひるやす》み、終《お》わるぜ？」

「ウソ」

わたしはあわてておはしをつかんだ。

いつの間《ま》にそんなに時間《じかん》が経《た》ってたんだろう？　あと五分《ふん》でなんて、食《た》べられないよ！

のこっているごはんを必死《ひっし》でかきこんでいたら、五十嵐《いがらし》がわたしのお弁当箱《べんとうばこ》から、ひょいとから揚《あ》げをつまみあげた。

「もーらい！」

（にんにくたっぷりから揚《あ》げ！）

あっけに取《と》られている間《あいだ》に、五十嵐《いがらし》はぱくっと一口《ひとくち》でから揚《あ》げを食《た》べると、

「うめえ！」

口《くち》をもごもごさせて、おおげさに目《め》をむく。

「ごちそーさん。じゃ、わりいな。俺《おれ》、英語《えいご》の予習《よしゅう》まだだし、先行《さきい》くな〜」

「えっ、あっ、ちょっと……！」

わたしを置《お》いて、五十嵐《いがらし》は手《て》をひらひらさせて階段《かいだん》をおりていった。

びっくりするようなこと、勝手《かって》にわたしに告白《こくはく》しといて、さっさと行《い》っちゃうなんて、なんなのよ、もう！

文句《もんく》を言《い》ってやりたかったけど、口《くち》いっぱいにごはんが入《はい》っていてなにも言《い》えない。わたしはむせながらも、なんとかのこったお弁当《べんとう》を平《たい》らげた。


あのとつぜんの告白《こくはく》のあとも、五十嵐《いがらし》はあいかわらずお昼休《ひるやす》みに南校舎《みなみこうしゃ》にあらわれた。

だけど、あれきりまいまいの話題《わだい》はでてこない。

わたしから蒸《む》しかえすのも、なんだか変《へん》な気《き》がして宙《ちゅう》ぶらりんなまま、あっという間《ま》に

日《ひ》にちは過《す》ぎていった。

明日《あした》は、いよいよ文化祭《ぶんかさい》だ。

前《まえ》に課題《かだい》の枚数《まいすう》を伝《つた》えたあとは、前日準備《ぜんじつじゅんび》だけでオッケーだとか言《い》ってたけど、それきりなにも聞《き》いていない。

昼休《ひるやす》みに、『とりあえず、ホームルーム後《ご》、教室《きょうしつ》で待《ま》っててくれ』って言《い》われたけど、いったいどうするつもりなんだろう。

そう思《おも》っていたら、ホームルームが終《お》わったあと、夏月《なつき》と辻本《つじもと》さんがちらちらとわたしのほうをふりかえりながら教室《きょうしつ》をでていくのが見《み》えた。

（……あれ、あのふたりは帰《かえ》っちゃうのかな）

前日準備《ぜんじつじゅんび》はたしか、ポスター係《がかり》の河野《こうの》くん以外《いがい》でやるんじゃなかったっけ。

そう思《おも》ったけど、この間《あいだ》のこともあって、しゃべりかけるのもなんだか気《き》が引《ひ》ける。

だまって教室《きょうしつ》からでていくふたりを見送《みおく》った。

しばらく教室《きょうしつ》で宿題《しゅくだい》をしながら待《ま》っていると、五十嵐《いがらし》が教室《きょうしつ》にかけこんできた。

「あ、わりい。待《ま》った？」

五十嵐《いがらし》は、そう言《い》うとにこにこ笑《わら》って続《つづ》けた。

「準備物《じゅんびぶつ》はぜんぶ家庭科室《かていかしつ》に運《はこ》んどいたし、あと、誘導用《ゆうどうよう》のポスターも貼《は》っといた。もちろん、暗幕《あんまく》もセットしてある。俺《おれ》のやらなきゃいけない前日準備《ぜんじつじゅんび》はぜんぶ終《お》わらせたし、あとは二組《くみ》の女子《じょし》のみなさんで掲示物貼《けいじぶつは》っといてくれる？」

「……はあ？」

わたしは眉《まゆ》をひそめて五十嵐《いがらし》にたずねた。

「ちょっと、わたしたち三人《にん》だけでやれってこと？」

「大丈夫《だいじょうぶ》だって。もうピンチでつなげてあるから、女子《じょし》だけで十分《じゅうぶん》できるよ。手《て》わけして壁《かべ》に貼《は》るだけでできあがり！　……じゃ、わりいけど、俺《おれ》、先帰《さきかえ》るわ。あとはよろしくぅ！」

五十嵐《いがらし》は親指《おやゆび》を立《た》てると、にししと笑《わら》って教室《きょうしつ》を飛《と》びだしていった。

あとにはわたしひとりだけがぽつんと教室《きょうしつ》に取《と》りのこされる。

……なにそれえええええ！

# 9 前日準備《ぜんじつじゅんび》

（……ったく、あいつ。なに考《かんが》えてんのよっ！）

よりによって、わたしと辻本《つじもと》さんと夏月《なつき》だけで作業《さぎょう》しなきゃいけないなんて、ぜったい気《き》まずいに決《き》まってる。

無視《むし》して家《いえ》に帰《かえ》ってやろうかとも思《おも》ったけど、そうなると二百五枚《まい》の課題《かだい》をあのふたりだけで掲示《けいじ》しないといけなくなる。

（……それはさすがに悪《わる》いよな）

わたしはしかたなく五十嵐《いがらし》に指示《しじ》されたとおりに家庭科室《かていかしつ》へむかった。

『一年生《ねんせい》　家庭科展示《かていかてんじ》はこちら』

そう書《か》かれたポスターが掲示《けいじ》されている壁《かべ》を曲《ま》がり、家庭科室《かていかしつ》の前《まえ》に立《た》った。入《い》り口《ぐち》に置《お》いてあるすのこの脇《わき》には、二足《そく》のうわばきが仲《なか》よさそうにならんでいる。

（夏月《なつき》と辻本《つじもと》さんか……）

わたしはちんまりならべられたうわばきをじっと見《み》おろした。

前《まえ》にあれだけキツイこと言《い》ったのに、いまさら、どんな顔《かお》してふたりと作業《さぎょう》すればいいっていうんだろう。

そう思《おも》ったけど、しかたない。

なるようになれ。

わたしは大《おお》きく息《いき》をすいこんで、ふたりのうわばきからはなれたところでうわばきをぬぎ、家庭科室《かていかしつ》の戸《と》に手《て》をかけた。

ガラッ
とつぜん、内側《うちがわ》から家庭科室《かていかしつ》の戸《と》があいた。

「……あっ」

戸《と》のむこう側《がわ》で、辻本《つじもと》さんがとまどった表情《ひょうじょう》でわたしを見《み》つめる。

「ここに行《い》けって五十嵐《いがらし》に言《い》われたから来《き》たんだけど」

辻本《つじもと》さんの顔《かお》を見《み》ずにもごもごそう言《い》うと、辻本《つじもと》さんははずんだ声《こえ》でうなずいた。

「あっ、よかったあ。恒川《つねかわ》さん遅《おそ》いねって今《いま》、夏月《なつき》ちゃんと言《い》ってたの」

にこにこ笑《わら》いながら、わたしに道《みち》をあけてくれる。

「あずみ……！」

ちょうど、イスの上《うえ》に立《た》って壁《かべ》になにか貼《は》りつけようとしていた夏月《なつき》が、わたしの顔《かお》を見《み》てかたまった。

「で、なにやればいいわけ？」

教室《きょうしつ》のなかを見《み》わたしてそう言《い》うと、夏月《なつき》はイスからおりておずおずとわたしの前《まえ》にピンチでつながれた画用紙《がようし》の束《たば》を差《さ》しだした。

「……じゃあ、悪《わる》いけど、あっちの壁面《へきめん》にこれを出席番号順《しゅっせきばんごうじゅん》に掲示《けいじ》していってくれるかな」

ちらっと見《み》ると、今年《ことし》の夏休《なつやす》みにだされた家庭科《かていか》の課題《かだい》だった。各自《かくじ》で作《つく》ったお昼《ひる》ごはんの写真《しゃしん》を貼《は》って、その横《よこ》にレシピがつけられている。

わたしはだまって夏月《なつき》から画用紙《がようし》を受《う》けとると、言《い》われた壁面《へきめん》の前《まえ》に立《た》った。

「あの、押《お》しピンはできるだけ壁《かべ》に直接《ちょくせつ》使《つか》わないようにって言《い》われてるから、コルクの壁《かべ》のところだけに使《つか》ってくれる？」

夏月《なつき》の説明《せつめい》に、だまってうなずく。

それぞれに書《か》いてある出席番号《しゅっせきばんごう》を確認《かくにん》し、五枚《まい》ずつピンチでつなげられた画用紙《がようし》をイスにあがって貼《は》りつけていくかんたんな作業《さぎょう》だ。これなら、よけいなことを考《かんが》えずにすむ。

体育祭《たいいくさい》ほど大《おお》がかりなイベントではないからか、文化祭前日《ぶんかさいぜんじつ》だというのに、窓《まど》の外《そと》に見《み》えるグラウンドでは各部《かくぶ》がいつものように活動《かつどう》していた。

吹奏楽部《すいそうがくぶ》の演奏《えんそう》の合間《あいま》に、かすかに聞《き》こえる女子《じょし》バレーボール部《ぶ》の聞《き》きなれたコールから意識《いしき》をそらすように、わたしはただもくもくと仕事《しごと》をこなしていく。

しばらくすると、静《しず》まりかえっていた家庭科室《かていかしつ》に、洟《はな》をすするような音《おと》が聞《き》こえてきた。

(鼻《はな》かぜでも引《ひ》いてるのかな)

最初《さいしょ》はそう思《おも》っていたけど、次第《しだい》にひっくひっくとしゃくりあげるような音《おと》に変化《へんか》していく。

「……へっ?」

おどろいてふりかえると、夏月《なつき》が顔《かお》をくしゃくしゃにして泣《な》いていた。その背中《せなか》を辻本《つじもと》さんがさすっている。

「なっ、なによ。なんで泣《な》いてるわけ？　わたし、ちゃんと仕事《しごと》してるでしょ」

イスからおりてそう言《い》うと、夏月《なつき》は「だからだよ～」と今度《こんど》は盛大《せいだい》に声《こえ》をあげて泣《な》きはじめた。

「はあ～？　どういうこと？」

画用紙《がようし》を持《も》ったたままとまどっていると、夏月《なつき》の背中《せなか》をさすっていた辻本《つじもと》さんがおずおず話《はな》しはじめた。

「夏月《なつき》ちゃん、ずっと恒川《つねかわ》さんのこと気《き》にかけていたから、委員《いいん》の仕事《しごと》にちゃんと参加《さんか》してくれてうれしいんだよ」

その言葉《ことば》に、ずきんと胸《むね》が痛《いた》む。

夏月《なつき》は、ずっとわたしに声《こえ》をかけつづけてくれていた。

わたしがバレー部《ぶ》の子《こ》たちにハブられて部活《ぶかつ》を辞《や》めても、クラスのなかで孤立《こりつ》していても、しつこいくらいに声《こえ》をかけてきた。いくらわたしが完全無視《かんぜんむし》しても。

最初《さいしょ》は、夏月《なつき》が自分《じぶん》は悪《わる》くないって思《おも》いたいからじゃないかって思《おも》っていた。

だって、夏月《なつき》の行動《こうどう》がきっかけでわたしはハブられるようになったんだから。

……でも。

「あの、ね、わ、わたし……」

夏月《なつき》が、引《ひ》きつけを起《お》こしそうなくらいしゃくりあげながら言葉《ことば》をしぼりだす。

「あ、あずみにも、知《し》ってほしいの。ホントの、友《とも》だちが、ど、どんなものかって」

夏月《なつき》は顔《かお》をくしゃくしゃにして、鼻水《はなみず》がたれるのも気《き》にせず、続《つづ》けた。

「友《とも》、だちと、いるのが、ど、どんなに楽《たの》しいか、知《し》ってほしかったのお〜〜」

夏月《なつき》は天井《てんじょう》を見上《みあ》げて、またわんわんと泣《な》きだした。そのとなりで、辻本《つじもと》さんまでがぽろぽろと静《しず》かに涙《なみだ》を流《なが》す。

「ばっ、ばっかじゃない、そんな……」

そこまで言《い》ったところで、目《め》の奥《おく》がじゅんと熱《あつ》くなり、
ぽろっ
わたしのほおの上《うえ》をなにか熱《あつ》いものがこぼれおちた。

「あっ……」

わたしは急《いそ》いでほおをおさえて夏月《なつき》に背《せ》をむけた。

「ずっと無視《むし》されつづけてるのに、おまけに、この間《あいだ》はあんなひどいこと言《い》われたのに。わたしのことなんて、ほっとけばいいでしょ！」

言《い》いながらも、わたしの目《め》からもぽろぽろと涙《なみだ》がこぼれおちる。

洟《はな》をすすると泣《な》いているのがばれてしまう。

そう思《おも》ってがまんしようと思《おも》うのに、あとからあとから涙《なみだ》がこぼれおちていく。

「……ほっとけないよお！」

わたしのうしろから、夏月《なつき》の涙声《なみだごえ》が聞《き》こえる。

「だって、あずみは、わたしがこの中学《ちゅうがく》に来《き》て、は、初《はじ》めてできた、と、友《とも》だちだもん。ふ、不安《ふあん》でいっぱいだったときに、一番初《いちばんはじ》めに、こ、声《こえ》をかけてくれたのが、あずみだったんだもおん」

「……ばっ、ばっかじゃないの」

泣《な》いてることがばれないよう、そっけなく言《い》おうと思《おも》ったのに、できなかった。

ゆがんだ口《くち》から声《こえ》がもれ、わたしは夏月《なつき》に負《ま》けないくらい、盛大《せいだい》にうわあんと声《こえ》をあげてその場《ば》にしゃがみこんで泣《な》いた。泣《な》いて、泣《な》いて、頭《あたま》が痛《いた》くなるくらいに。

一 組

すると、うしろからそっとだれかの手《て》がわたしの背中《せなか》をなでた。

びくっと肩《かた》をふるわせたけど、わたしはひざに顔《かお》をうずめて、子《こ》どもみたいに声《こえ》をあげて泣《な》きくずれた。


さんざん泣《な》きつづけたあと、やっと涙《なみだ》が引《ひ》っこんだ。こんなに泣《な》いたのはひさしぶり。

中学受験《ちゅうがくじゅけん》を失敗《しっぱい》したときよりも、泣《な》いたかもしれない。

だけど、いまさらはずかしくてふたりに顔《かお》を見《み》せられない。

どのタイミングで顔《かお》をあげようか悩《なや》んでいたら、
ビーム！

とつぜん、うしろでものすごい音《おと》を立《た》てて盛大《せいだい》に洟《はな》をかむ音《おと》が聞《き》こえた。

「えっ」

びっくりしてふりかえると、そこにはティッシュを鼻《はな》にあてた辻本《つじもと》さんが立《た》っていた。

「……え、今《いま》の、辻本《つじもと》さん？」

わたしが聞《き》くと、辻本《つじもと》さんはきょとんとした顔《かお》で、

「えっ、うん」

肩《かた》をすくめてうなずいた。

「夏月《なつき》かと思《おも》った」

思《おも》わずそう言《い》うと、鼻《はな》の頭《あたま》を真《ま》っ赤《か》に染《そ》めてまぶたをぱんぱんに腫《は》らした夏月《なつき》が、不服《ふふく》そうに口《くち》をとがらせた。

「なんでわたしなのよう！」

「だって、辻本《つじもと》さんが洟《はな》なんてかむイメージないし」

思《おも》ったことをそのまま言《い》うと、夏月《なつき》はますます口《くち》をとがらせた。

「ちょっとそれ、どういう意味《いみ》よお！」

夏月《なつき》がそう言《い》ったとたん、
ビ――――ッム！

さっきよりも大《おお》きな音《おと》で、辻本《つじもと》さんが洟《はな》をかんだ。

あきれて見《み》ているわたしたちの視線《しせん》に気《き》がつき、辻本《つじもと》さんがティッシュから顔《かお》をあげた。

「あ、ごめんなさい」

かわいらしく首《くび》をかしげたその姿《すがた》を見《み》て、

ぷっ

わたしは思《おも》わず吹《ふ》きだしてしまった。

すると夏月《なつき》も目《め》に涙《なみだ》をうかべたまま、「ふっ、ふふっ」と笑《わら》いだし、辻本《つじもと》さんもいっしょになって笑《わら》いだした。

「あのさ、辻本《つじもと》さんってそういうキャラ？」

さんざん笑《わら》いおえたあと、わたしが言《い》うと、夏月《なつき》は目《め》じりにのこる涙《なみだ》を指《ゆび》でふきとりながらうなずいた。

「そうだよ。ホントの莉緒《りお》って、残念《ざんねん》な美少女《びしょうじょ》なの。少女《しょうじょ》まんががオタクだし、主婦《しゅふ》みたいにスーパーの売《う》りだし日《び》とかくわしいし、あと天然《てんねん》なとこあるし」

とたんに辻本《つじもと》さんが、真《ま》っ赤《か》に染《そ》まったほっぺたをふくらませた。

「えーっ、ひどおい。わたし、天然《てんねん》なんかじゃないよ」

そう言《い》って文句《もんく》を言《い》ったけど、わたしはすぐにびしっとツッコミを入《い》れた。

「いや、さっきの場面《ばめん》で洟《はな》かむとか、天然《てんねん》の証拠《しょうこ》だし」

「え〜？　そうかなあ」

その声《こえ》に、また三人《にん》であははと笑《わら》う。

笑《わら》い声《ごえ》が途《と》切《ぎ》れ、ふっと小《ちい》さく息《いき》をはいた。

「……ごめんね、夏月《なつき》。ありがと」

うつむいたまま早口《はやくち》でそう言《い》うと、

「……ふっ、ふっ、ふえ〜ん！」

また夏月《なつき》が声《こえ》をあげて泣《な》きだした。

「ちょっと、もうしつこいって！　またふりだしにもどっちゃうじゃん！」

わたしが言《い》うと、

「だってえ〜」

夏月《なつき》はますます顔《かお》をくしゃくしゃにして泣《な》きはじめる。

「ほら、これ」

かばんから取《と》りだしたタオルを放《ほう》りなげると、夏月《なつき》はそれを受《う》けとって顔《かお》に押《お》しつけた。

「ありがと」

そのとき、スピーカーから完全下校《かんぜんげこう》まであと三十分《ぷん》というアナウンスが流《なが》れた。

「さあ、あとちょっと、さっさとやっちゃおう」

そう言《い》って、ぱんと両手《りょうて》をたたいた。

「……うん！」

タオルで顔《かお》をごしごしふいた夏月《なつき》も立《た》ちあがる。

わたしたちはまたそれぞれの持《も》ち場《ば》にもどってもくもくと作業《さぎょう》を進《すす》めた。

あと一段《だん》だけをのこして、台《だい》を移動《いどう》させるときに、ふと窓《まど》の外《そと》に目《め》をうつした。

いつの間《ま》にか陽《ひ》が傾《かたむ》いていて、今《いま》にも遠《とお》くに見《み》える山《やま》のむこうにかくれてしまいそうだ。

泣《な》きはらした目《め》に、うすい水色《みずいろ》とオレンジがまざったような空《そら》がまぶしい。

（……さ、あと少《すこ》しだ）

わたしは大《おお》きく息《いき》をはいてから、また作業《さぎょう》を始《はじ》めた。

# 10 文《ぶん》化《か》祭《さい》

文化祭当日《ぶんかさいとうじつ》。

文化祭委員《ぶんかさいいいん》のわたしの仕事《しごと》は、午前中《ごぜんちゅう》、家庭科室《かていかしつ》に待機《たいき》して来場者《らいじょうしゃ》へプリントの配布《はいふ》をすること。

ほかの子《こ》たちはみんな学年《がくねん》とクラスごとに決《き》められた時間《じかん》に各教室《かくきょうしつ》を見《み》まわり、午後《ごご》からは全員《ぜんいん》でステージ発表《はっぴょう》を観《み》ることになっている。ステージ発表《はっぴょう》は吹奏楽部《すいそうがくぶ》の演奏《えんそう》と三年《ねん》生《せい》の劇《げき》で、最後《さいご》に教職員《きょうしょくいん》による劇《げき》もあるのだそうだ。

体育祭《たいいくさい》にくらべてずいぶん地味《じみ》な行事《ぎょうじ》だけど、これくらい生徒《せいと》の参加度《さんかど》が自由《じゆう》なほうが、わたしにはありがたい。

今朝《けさ》、夏月《なつき》が五十嵐《いがらし》にわたされたというプリントを読《よ》みあげた。夏月《なつき》と辻本《つじもと》さんは九時《じ》から十時半《じはん》まで、わたしは十時半《じはん》から十二時《じ》までが担当《たんとう》らしい。

「ごめんね、いっしょだったら、よかったんだけど」

ふたりは申《もう》し訳《わけ》なさげにそう言《い》ったけれど、わたしとしてはちがった時間《じかん》のほうがありがたい。いくら昨日《きのう》仲《なか》なおりができたからといって、いきなりずっといっしょにいるのは照《て》れくさい。それに、ひとりのほうが気楽《きらく》だ。

ひとりでひととおり展示《てんじ》を見《み》たあと、家庭科室《かていかしつ》へむかおうとしたら、階段《かいだん》の途中《とちゅう》でばったり五十嵐《いがらし》と出《で》くわした。

「よお」

いつものようににこにこ笑《わら》って声《こえ》をかけてくる。

わたしはじろりと五十嵐《いがらし》を見《み》ると、あいまいにうなずいた。

(昨日《きのう》、わたしたちだけに作業《さぎょう》丸投《まるな》げしたくせに！)

そのおかげで、夏月《なつき》たちと仲《なか》なおりできたとはいえ、それとこれとは別《べつ》の話《はなし》だ。

五十嵐《いがらし》を置《お》いてすたすた歩《ある》きだすと、またうしろから声《こえ》をかけてきた。

「なんだよ、待《ま》てよ」

「悪《わる》いけど、わたし、今《いま》から当番《とうばん》だし」

ふりむかずにそう言《い》うと、

「俺《おれ》もだけど？」

五十嵐《いがらし》の声《こえ》が追《お》いかけてきた。

「えっ」

おどろいて足《あし》を止《と》める。

「十時半《じはん》から十二時《じ》まで。家庭科室《かていかしつ》で来場者《らいじょうしゃ》へのプリント配布《はいふ》のあと、東校舎《ひがしこうしゃ》の見《み》まわり。だろ？　足立《あだち》さんにこれと同《おな》じプリント、わたしといたんだけど」

そう言《い》って胸《むね》ポケットに入《い》れていたくしゃくしゃのプリントをわたしの前《まえ》に差《さ》しだす。

そこにはわたしの名前《なまえ》の横《よこ》に五十嵐翔《いがらししょう》と書《か》いてあった。

（ああ、だからか）

夏月《なつき》がさっき、『いっしょだったらよかったんだけど』と言《い》っていたのは、わたしが男子《だんし》である五十嵐《いがらし》とペアになっていることを気《き》にしていたのか。

「あ、もう時間《じかん》だ。早《はや》く行《い》こうぜ」

五十嵐《いがらし》がすたすたと家庭科室《かていかしつ》のほうへむかっていく。しかたなくわたしも五十嵐《いがらし》のあとに続《つづ》いた。

家庭科室《かていかしつ》の前《まえ》には、もう夏月《なつき》と辻本《つじもと》さんがスタンバイしていた。

「あ、来《き》た来《き》た。はい、これ」

そう言《い》って、夏月《なつき》がわたしにプリントの束《たば》をわたす。

「いちおう入《い》り口前《ぐちまえ》にひとり、それからもうひとりがなかにスタンバイしといて、来場者《らいじょうしゃ》が来《き》たらひとり一枚《まい》ずつこれ、わたしてね。っていっても、もうほとんどの子《こ》たちがまわってきたから、多分保護者《たぶんほごしゃ》さんとかしか来《こ》ないかもだけど」

説明《せつめい》を終《お》えると、腕《うで》につけていた『案内係《あんないがかり》』と書《か》いた腕章《わんしょう》もわたされた。

「じゃあ、見《み》まわりが終《お》わったら、教室《きょうしつ》で待《ま》ってるね。お昼《ひる》、いっしょに食《た》べよう」

「……うん、わかった」

五十嵐《いがらし》の視線《しせん》を感《かん》じながら、小声《こごえ》でぼそぼそ返事《へんじ》をする。

「じゃあ、またあとでね」

にっこりほほえむ辻本《つじもと》さんに小《ちい》さくうなずきかえすと、ふたりはつれだって行《い》ってしまった。

「へ～、いつの間《ま》にか仲《なか》よくなったんだあ」

ふたりの姿《すがた》が消《き》えると、五十嵐《いがらし》が目《め》を真《ま》ん丸《まる》にしてわたしの顔《かお》をのぞきこんだ。

「わ、悪《わる》い？」

ぷいっと顔《かお》をそむけてそう言《い》うと、五十嵐《いがらし》はあははと笑《わら》った。

「悪《わる》いわけ、ねえだろ。よかったな」

そう言《い》って、ぽんぽんとわたしの頭《あたま》を軽《かる》くたたいた。

ふいに頭《あたま》をつつむ大《おお》きな手《て》にどきっとして、身《み》がまえる。

「ちょっと！　なに気《き》やすくさわってんのよっ！」

そう言《い》うと、五十嵐《いがらし》は手《て》をあげたままぴたっと動《うご》きを止《と》めた。

「あ、わりい。こういうのって、『セクハラ』なんだよな。俺《おれ》、ついやっちゃって、よく
妹《いもうと》におこられるんだ」

「……妹《いもうと》？」

五十嵐《いがらし》の顔《かお》をにらんだまま、たずねる。

「うん。幼稚園《ようちえん》の年長《ねんちょう》さんなんだけど、年《とし》がはなれてるからかわいくてさ。ついベタベタさわっちゃって、そしたらおこるんだ。『おにーちゃん、それ、せくはらだよ！』って」

妹《いもうと》さんの真似《まね》なのか、五十嵐《いがらし》がわざと甘《あま》ったるい声色《こわいろ》で言《い》う。

わたしは頭《あたま》のなかで小《ちい》さな女《おんな》の子《こ》が同《おな》じセリフを言《い》うのを想像《そうぞう》し、思《おも》わず吹《ふ》きだしてしまった。

（ぶっ、なんか、かわいい）

「あ、笑《わら》った」

五十嵐《いがらし》はそう言《い》うと、眉間《みけん》に指《ゆび》をあてた。

「前《まえ》も言《い》ったけど、おまえ、ここにしわ寄《よ》せてムズカシイ顔《かお》してるより、笑《わら》ってるほうがぜったいいいぞ」

「うるっさいわねえ、ほっといてよっ！」

そう言《い》いつつ、あわてて顔《かお》をそむける。

笑《わら》ってる顔《かお》のほうがいいなんて言《い》われたら、やっぱりうれしい。

だけど、褒《ほ》められて喜《よろこ》んでるなんて思《おも》われたらはずかしい。

手《て》に持《も》っていたプリントをぎゅっと抱《だ》きしめて、わたしはうわばきをぬいで家庭科室《かていかしつ》へと入《はい》った。

夏月《なつき》が言《い》っていたとおり、それからあとは家庭科室《かていかしつ》の展示《てんじ》を見《み》にくる人《ひと》はほとんどいなかった。

たまに保護者《ほごしゃ》の人《ひと》がのぞきに来《く》るくらいで、それも自分《じぶん》の子《こ》どもの展示物《てんじぶつ》だけをスマホで撮影《さつえい》して、足早《あしばや》に教室《きょうしつ》をでていってしまう。

やることもなくただぼうっと家庭科室《かていかしつ》で時間《じかん》が過《す》ぎるのを待《ま》った。

「ヒマだなー」

入《い》り口《ぐち》に立《た》つ五十嵐《いがらし》が、声《こえ》をかけてくる。

「しかたないでしょ。当番《とうばん》なんだから」

そっけなくかえすと、「まあ、そうだけどさ〜」とぼりぼり頭《あたま》のうしろをかいた。

「なあ、しりとりしねえ？」

「……はっ？　しりとり？　なんで？」

意味《いみ》がわからずそう聞《き》くと、五十嵐《いがらし》はきっぱり答《こた》えた。

「だってヒマだし！」

（だからって、中学生《ちゅうがくせい》になってまでしりとりって……！）

あきれていたら、

「りんご！」

いきなり五十嵐《いがらし》がふってきた。

「え！　ええっと、ごりら！」

つい反射的《はんしゃてき》に答《こた》えると、「ラッパ！」すぐに五十嵐《いがらし》がかえしてくる。

（ぱ、ぱぱぱぱ……）

頭《あたま》のなかで、『パンツ』という言葉《ことば》が思《おも》いうかんだけど、男子《だんし》である五十嵐《いがらし》の前《まえ》でそんなこと言《い》いたくない！

「ぱ、ぱ、ぱ……」

わたしが言《い》いよどんでいたら、五十嵐《いがらし》がにやにや笑《わら》う。

「おまえさ、りんご、ごりら、ラッパときたら、答《こた》えはひとつだろ？　パン……？」

（それが言《い》いたくないんだって！）

そう思《おも》っていたら、五十嵐《いがらし》が大《おお》きく口《くち》をあけた。

「ダ！　だろ？」

「……へっ？　ぱん……だ？」

そうくりかえして、あっと気《き》がつく。

そうだ。パンツなんかじゃなくても、パンダって言《い》えばよかったんだ！

「あー、おまえ、もしかして、パンツって思《おも》ったんだろ？　うわー、そっちこそセクハラじゃねえか」

「ち、ちがっ……！　ホントにわからなくて」

一生懸命《いっしょうけんめい》言《い》い訳《わけ》してみたけど、五十嵐《いがらし》はにやにや笑《わら》いながら、かぶせるように続《つづ》ける。

「ウソだあ。じゃあなんでそんな顔真《かおま》っ赤《か》になってんだよ。よし、決《き》めた。今日《きょう》からおまえのこと、恒川《つねかわ》じゃなくて『セクハラあずみ』って呼《よ》ぼう」

そう言《い》ってあははと笑《わら》う。

「なによ、それ〜！」

言《い》いながら、わたしもつい声《こえ》をだして笑《わら》ってしまった。

今度《こんど》は、笑《わら》っている顔《かお》をかくさずに。

いったい、いつ以来《いらい》だろう。

学校《がっこう》でこんなふうに笑《わら》ったのは。

五十嵐《いがらし》の顔《かお》いっぱいの笑顔《えがお》を見《み》ていたら、また笑《わら》えてきた。


結局《けっきょく》、そのあとになってもだれも家庭科室《かていかしつ》には来《こ》なかったので、ずっと五十嵐《いがらし》と意味《いみ》もなくしりとりを続《つづ》けた。

途中《とちゅう》から果物《くだもの》しばりとか、歴史上《れきしじょう》の人名《じんめい》しばりとか意味不明《いみふめい》なルールを持《も》ちだしてきたせいで、すっかり盛《も》りあがり、あっという間《ま》の一時間半《じかんはん》だった。

「そろそろ、見《み》まわり行《い》こっか。昼飯《ひるめし》、足立《あだち》さんたちと食《た》べるんだろ」

五十嵐《いがらし》に言《い》われるまで、もうそんなに時間《じかん》が経《た》ったということに気《き》がつかなかったくらいだ。

「そうだね」

案
案

（あー、もう終《お》わりなんだ）

なんだか妙《みょう》に名残《なごり》惜《お》しい。

五十嵐《いがらし》と話《はなし》をしていると、腹《はら》が立《た》つことも多《おお》いけど、時間《じかん》が経《た》つのが早《はや》く感《かん》じる。

五十嵐《いがらし》が南校舎《みなみこうしゃ》にあらわれるまでは、あんなにも長《なが》く感《かん》じていた昼休《ひるやす》みも、最近《さいきん》はあっという間《ま》だし。まるで、魔法《まほう》みたいだ。

ずいぶん余《あま》ったプリントをかかえて、家庭科室《かていかしつ》をでる。

あずかっていたカギで、カチャンと戸《と》を閉《し》めると、五十嵐《いがらし》がさりげなくわたしの手《て》から
プリントの束《たば》を取《と》りあげた。

「腹《はら》へったー。さっさと見《み》まわり、終《お》わらそうぜ」

「……うん」

五十嵐《いがらし》って、いいやつだな。

わざとらしくない感《かん》じで、いつも助《たす》けてくれる。

今回《こんかい》の文化祭委員《ぶんかさいいいん》の役割分担《やくわりぶんたん》も、みんなが負担《ふたん》にならないようにさっさと決《き》めてくれたし……。

そこまで考《かんが》えて、あっと思《おも》った。

もしかして、前日準備《ぜんじつじゅんび》のとき、夏月《なつき》と辻本《つじもと》さんとわたしだけに展示《てんじ》をさせたのは、仲《なか》なおりさせようと思《おも》ったから……？

そこまで考《かんが》えて、ぶるんと首《くび》を横《よこ》にふった。

（まさか、さすがにそこまでは考《かんが》えてないよね）

「おーい、なにやってんだよ。早《はや》く行《い》こうぜ」

「うん」

わたしはそう言《い》うと、五十嵐《いがらし》の横《よこ》にならんで歩《ある》きだした。

お昼《ひる》からの舞台鑑賞《ぶたいかんしょう》に備《そな》えてか、廊下《ろうか》を歩《ある》く子《こ》たちはまばらだった。もうみんなそれぞれのクラスにもどってお昼《ひる》ごはんを食《た》べているのかもしれない。

（夏月《なつき》たち、待《ま》ってるかな）

そう思《おも》いながら一階《いっかい》におりたところで、とつぜん、五十嵐《いがらし》が足《あし》を止《と》めた。

「ブッ」

思《おも》わずその背中《せなか》に激突《げきとつ》し、鼻《はな》をしこたまぶつける。

「イッタ！　もう、いきなり止《と》まらないでよっ」

そう言《い》って腕《うで》をふりあげようとして、その手《て》を止《と》める。

立《た》ちどまった五十嵐《いがらし》が遠《とお》くを見《み》ていた。

その視線《しせん》の先《さき》には、わたり廊下《ろうか》をじゃれあって歩《ある》くまいまいと小坂《こさか》くんの姿《すがた》があった。

（……あ）

さっきまでにこにこ笑《わら》っていた五十嵐《いがらし》の表情《ひょうじょう》から、笑顔《えがお》が消《き》える。

「前《まえ》にさ」

とつぜん、五十嵐《いがらし》がかすれた声《こえ》でつぶやいた。

「おまえ、言《い》ってたよな。ほかに好《す》きな人《ひと》がいる人《ひと》を好《す》きになってもしょうがないって。

俺《おれ》、あのときおまえにえらそうなこと言《い》っちゃったけどさ、百《ひゃく》パー無理《むり》な片思《かたおも》いって、
やっぱキツイよなあ」

五十嵐《いがらし》が苦《くる》しそうな表情《ひょうじょう》で、目《め》を細《ほそ》める。

その目《め》が、どうしようもなくさみしそうで、つらそうで、胸《むね》がつぶれそうになった。

「甘《あま》ったれたこと、言《い》わないでよ！」

気《き》がつくと、わたしは五十嵐《いがらし》の視界《しかい》から、ふたりの姿《すがた》を消《け》すように、正面《しょうめん》に立《た》ちはだかっていた。

「あのとき、わたしに、『好《す》きな子《こ》が笑《わら》ってたらそれだけでしあわせなんだ』なーんてカッコいいこと言《い》ってたじゃん。わたし、あのとき、ちょっとあんたのこと見《み》なおしたのに、そんなかんたんに考《かん》え変《が》えるって、いったいどういうこと？」

「……恒川《つねかわ》」

五十嵐《いがらし》がおどろいたように目《め》を大《おお》きく開《ひら》いてわたしを見《み》つめる。

「あんた、バイオレットだか、パープルだか知《し》んないけど、プロのサッカー選手《せんしゅ》になるんじゃないの？　努力《どりょく》しないことには話《はなし》になんないとか言《い》ってたじゃん。それなら、がんばって小坂《こさか》くんよりいい男《おとこ》になって、まいまいのこと、ふりむかせればいいでしょ。ホントに好《す》きなら貫《つらぬ》いてみなさいよ」

そう言《い》って、びしっとひとさし指《ゆび》をつきつけた。

「……そっか。そうだよな〜。今《いま》ので俺《おれ》、目《め》え覚《さ》めたわ」

五十嵐《いがらし》は、ぱちぱちと二度瞬《どまばた》きをしてから、くしゃっと目《め》を細《ほそ》めた。

「ありがとな、恒川《つねかわ》。俺《おれ》、マジでがんばるわ」

そう言《い》って、ぽんぽんとわたしの肩《かた》をたたく。

「あっ、やべ。またセクハラ、やっちゃった」

五十嵐《いがらし》があわてて手《て》を引《ひ》っこめる。

「そうだよっ、今《いま》に訴《うった》えてやるからね！」

言《い》いながら、五十嵐《いがらし》に背《せ》をむける。

五十嵐《いがらし》に触《ふ》れられた肩《かた》、それにほおが熱《あつ》い。

今《いま》のわたし、ぜったいに顔《かお》が赤《あか》くなっている。

そんな顔《かお》、ぜったい見《み》られたくなんてない！

「やべー、マジ気《き》をつけよう」

あははと笑《わら》う五十嵐《いがらし》の声《こえ》が背中《せなか》ごしに聞《き》こえる。

わたしはその声《こえ》を聞《き》きながら、きゅっとくちびるをかみしめた。

# 11 素《す》直《なお》になりたい

文化祭《ぶんかさい》は、無事終了《ぶじしゅうりょう》した。

文化祭委員《ぶんかさいいいん》は午後《ごご》の舞台鑑賞《ぶたいかんしょう》が終《お》わったあと、展示物《てんじぶつ》の撤去《てっきょ》をしなくちゃいけなかったけど、先生《せんせい》が手伝《てつだ》ってくれたこともあり、作業《さぎょう》は一時間《じかん》ほどで終《お》わった。

「おつかれ様《さま》でした」

ポスター係《がかり》をしてくれた河野《こうの》くんがぺこりと頭《あたま》をさげて、先《さき》に教室《きょうしつ》をでていった。

「なんか、楽《らく》ちんだったね」

辻本《つじもと》さんの言葉《ことば》に、夏月《なつき》がうなずく。

「体育祭《たいいくさい》のとき、まいまいたち体育委員《たいいくいいん》って、もっと大変《たいへん》そうだったもんねえ」

すると、わたしのとなりに立《た》っていた五十嵐《いがらし》が大《おお》きくうなずいた。

「マジ大変《たいへん》だったぜ。言《い》っとくけど、俺《おれ》、体育委員《たいいくいいん》もやってたし」

「あっ、そうだった。五十嵐《いがらし》くんって、体育祭《たいいくさい》も文化祭《ぶんかさい》も委員活動《いいんかつどう》してたんだよね。どっちもやるなんて、すごすぎる」

夏月《なつき》がおどろいたように言《い》うと、五十嵐《いがらし》は妙《みょう》にいばった顔《かお》で胸《むね》をはった。

「どうだ、すげえだろ」

「っていうか、ただの雑用係《ざつようがかり》でしょ」

すかさずわたしがツッコむと、夏月《なつき》と辻本《つじもと》さんがわっと笑《わら》った。

「なんか、あずみと五十嵐《いがらし》くん、いいコンビだね」

夏月《なつき》に言《い》われて、わたしはあわてて否定《ひてい》した。

「はっ？　どこが？　五十嵐《いがらし》みたいな能天気《のうてんき》なやつとコンビとか、ぜったいムリ。ありえない」

わたしがばっさり言《い》いすてると、

「ひってえ！　おまえ、そこまで言《い》う？」

五十嵐《いがらし》が顔《かお》をしかめて言《い》いかえしてきた。

その様子《ようす》に、また夏月《なつき》と辻本《つじもと》さんがくすくす笑《わら》う。

「ま、ともかく無事終《ぶじお》わってよかったね」

「ちょっとの間《あいだ》だったけど、五十嵐《いがらし》くん、ありがとう」

夏月《なつき》と辻本《つじもと》さんが、ぺこりと五十嵐《いがらし》にむかって頭《あたま》をさげた。

「ああ、こちらこそ。あんまり役《やく》に立《た》てなくてごめんね」

五十嵐《いがらし》がふたりににこにこほほえんだ。

(な〜によ、わたしに対《たい》しての態度《たいど》とぜんぜんちがうし)

そう思《おも》ったけど、よく考《かんが》えたら、態度《たいど》が悪《わる》いのはわたしのほうだ。

夏月《なつき》や辻本《つじもと》さんみたいにもっと素直《すなお》になることができればいいのに、わたしはついキツイことばかり言《い》ってしまう。

(あ〜あ、こういうとこが、わたしのかわいくないところなんだよな)

「じゃあ、わたしたち、今《いま》から『家庭科研究会《かていかけんきゅうかい》』のミーティングして帰《かえ》るし。またね、あずみ」

「ばいばーい」

ふたりは手《て》をふって、教室《きょうしつ》のほうへと歩《ある》いていった。

「へー、あのふたり、『家庭科研究会《かていかけんきゅうかい》』なんて入《はい》ってるんだ。なんかそんな感《かん》じするよな。どっちも女《おんな》の子《こ》って感《かん》じだし」

五十嵐《いがらし》の言葉《ことば》に、カチンとくる。

「悪《わる》かったわね、どうせわたしは『女《おんな》の子《こ》』って感《かん》じ、しませんよ」

そう言《い》うと、五十嵐《いがらし》はおどろいたように目《め》をまるくした。

「べつに、そんなこと言《い》ってねえじゃん。おまえ、いっつもおこってばっかりだなあ」

ズキン

たしかにそうだ。

わたしだって、もっと素直《すなお》になりたい。

だけど、いまさら夏月《なつき》たちみたいになんてなれっこない。

どうすれば素直《すなお》に話《はなし》ができるのかわからないよ。

なんとなく、昇降口《しょうこうぐち》までいっしょに歩《ある》いたけど、ふたりで帰《かえ》るなんてまわりの子《こ》たちに思《おも》われたら誤解《ごかい》されてしまいそうだ。

わたしは急《いそ》いでくつばこから自分《じぶん》のローファーを取《と》りだした。

「じゃ、じゃあねっ」

「え、なんか急《いそ》いでんの？」

うしろから、五十嵐《いがらし》がおどろいたような声《こえ》で聞《き》いてきた。

「……べつに、急《いそ》いでるわけじゃないけど」

もごもごと口《くち》のなかで答《こた》えると、五十嵐《いがらし》はのんびりスニーカーに足《あし》をつっこんでから、にこっと笑《わら》った。

「じゃあ、途中《とちゅう》までいっしょに帰《かえ》ろうぜ。どうせ通《とお》り道《みち》じゃん」

五十嵐《いがらし》とふたりならんで校門《こうもん》へむかう途中《とちゅう》、うしろから女子《じょし》バレー部《ぶ》のコールが聞《き》こえてきた。

ファイッオー、ファイッ
ファイッオー、ファイッ
今《いま》から校外《こうがい》ランニングへむかうのだろう。

（……変《へん》な誤解《ごかい》、されちゃいそう）

そう思《おも》ってうつむきながら、五十嵐《いがらし》と少《すこ》し距離《きょり》を置《お》く。

すると、みんながかけ声《ごえ》をあげながら、わたしたちの横《よこ》をすりぬけていった。途中《とちゅう》、麗《れい》香《か》たち一年《ねん》の何人《なんにん》かがちらっとわたしのほうをふりかえった。

「どうしたんだよ」

五十嵐《いがらし》が立《た》ちどまってふりかえる。

「……なんか、ほかの子《こ》たちにいっしょにいるところ見《み》られたらいやだし」

わたしがぼそぼそ答《こた》えると、五十嵐《いがらし》は首《くび》をかしげた。

「はあ？　なんで？　俺《おれ》っていっしょに歩《ある》いてるとこ見《み》られるのもいやなくらいダサいってこと？」

「そうじゃないけどさ、なんか、誤解《ごかい》されたら困《こま》るじゃん」

地面《じめん》をにらみながらそう答《こた》えると、五十嵐《いがらし》はますます訳《わけ》がわからないという顔《かお》をした。

「誤解《ごかい》ってなにを？」

「……だからあ」

言《い》いかけて、やめた。

だめだ。やっぱりこいつ、ぜったいわたしのこと、女子《じょし》だと思《おも》っていない。

「なんでもないっ」

わたしはそう言《い》って、今度《こんど》は早足《はやあし》で歩《ある》きだした。

「なああ、そういえばさ、おまえって、バレー部《ぶ》だったんだってな。どうして辞《や》めちゃったの？」

ドキッとして足《あし》を止《と》める。

「な、なんで？」

わたしがたずねると、五十嵐《いがらし》はきょとんとして答《こた》えた。

「なんでって、前《まえ》に林《はやし》がそんなこと言《い》ってたの思《おも》いだしたし。二組《くみ》の鳴尾《なるお》さんって子《こ》と、それからおまえはバレーがうまいんだって言《い》ってたぜ」

(まいまいが、そんなこと……)

わたしはぎゅっとくちびるをかみしめた。

「おまえさ、今部活入《いまぶかつはい》ってねえんだろ？　昼休《ひるやす》み、南校舎《みなみこうしゃ》にいたのも、本当《ほんとう》はバレー部《ぶ》のやつらのこと、見《み》てたからじゃねえの？」

「そ、それは……」

ずばり言《い》いあてられて、ドキッとする。

南校舎《みなみこうしゃ》でお昼《ひる》ごはんを食《た》べることに決《き》めた一番《いちばん》の理由《りゆう》は、日《ひ》あたりがいいから、だけじゃなかった。

あの場所《ばしょ》にある南側《みなみがわ》に面《めん》した大《おお》きな窓《まど》から、昼練《ひるれん》にむかう女子《じょし》バレーボール部《ぶ》の子《こ》たちの姿《すがた》が一番《いちばん》はっきり見《み》えるからだ。

まさかそのことを、五十嵐《いがらし》に気《き》づかれていたなんて。

「なにがあったかわかんねえけどさ。そんなに気《き》になるなら、また入部《にゅうぶ》すればいいじゃん」

五十嵐《いがらし》の言葉《ことば》に、カッと顔《かお》が熱《あつ》くなる。

「そんなこと、かんたんに言《い》うけど、できるわけないじゃない」

すると、五十嵐《いがらし》は首《くび》を傾《かたむ》けて聞《き》きかえしてきた。

「へっ？　なんで？」

「なんでって……」

だってわたしはみんなにいじわるばかりしてきた。その結果《けっか》、みんなから無視《むし》されてしまったのに、いまさら部活《ぶかつ》にもどるなんて、できっこない。

「無理《むり》なものは、無理《むり》なのっ！」

断《た》ちきるようにそう言《い》うと、五十嵐《いがらし》はふわっと笑《わら》った。

「そんなの、やってみなきゃわからねーじゃん。無理《むり》って思《おも》ってたら、なんでも無理《むり》だけど、できるって思《おも》えば、なんとかなるかもしれねえだろ？　おまえ、この間《あいだ》、俺《おれ》に言《い》ってくれたじゃん。『ホントに好《す》きなら、貫《つらぬ》いてみなさいよ』って」

五十嵐《いがらし》は肩《かた》にかけたかばんをかけなおし、

「じゃあな。俺《おれ》、こっちだし」

そう言《い》うと手《て》をふって、四《よ》つ辻《つじ》を左《ひだり》に曲《ま》がっていった。

遠《とお》ざかっていく背中《せなか》をしばらく見送《みおく》って歩《ある》きだす。

そりゃあ五十嵐《いがらし》みたいに素直《すなお》な性格《せいかく》なら、すぐに実行《じっこう》できるのかもしれないけど、わたしみたいなひねくれ者《もの》は、そんなかんたんに気持《きも》ちを切《き》りかえられないよ。

ぶつぶつ口《くち》のなかで言《い》いながら、坂道《さかみち》を早足《はやあし》でくだっていく。

点滅《てんめつ》する青信号《あおしんごう》に間《ま》にあうようにかけぬけて、少《すこ》し息《いき》をととのえて歩《ある》きだした。すると、近《ちか》くのコンビニからでてきた人《ひと》にぶつかりそうになった。

「あっ、すみません」

とっさに顔《かお》をあげる。

「こちらこそ」

湯気《ゆげ》のあがるコーヒーカップを片手《かたて》に、あわてたように頭《あたま》をさげたのは、深田先生《ふかだせんせい》だった。

「……あ」

思《おも》わず身《み》がまえる。

(また、会《あ》っちゃった……!)

「……あずみちゃん」

先生《せんせい》はずりおちたメガネを指《ゆび》であげると、姿勢《しせい》を正《ただ》した。

「この間《あいだ》は、軽率《けいそつ》なことを言《い》ってしまって、ごめん!」

そう言《い》って、勢《いきお》いよく頭《あたま》をさげた。とたんにコーヒーカップから琥珀色《こはくいろ》の液体《えきたい》が跳《は》ねあがる。

「アチッ！」

先生《せんせい》がビクッと体《からだ》をふるわせたかと思《おも》うと、
ビシャッ
手《て》に持《も》っていたコーヒーカップがまっさかさまに地面《じめん》に落《お》ちた。

「わ、わわわわ」

先生《せんせい》はおたおたした様子《ようす》で、ポケットに手《て》をつっこんだ。

「ご、ごめん。コーヒーかかってない？ ……あ、やべ。タオル、教室《きょうしつ》に置《お》いてきた」

そのあわてた様子《ようす》を見《み》て、思《おも》わず吹《ふ》きだす。

「大丈夫《だいじょうぶ》です」

そう言《い》って、かばんのなかからタオルを取《と》りだす。

「それより、先生《せんせい》のほうが手《て》に思《おも》いっきりコーヒーかかったでしょ？ やけどしてないですか？」

タオルで先生《せんせい》の手《て》をふこうとしたら、先生《せんせい》はあわててわたしにつきかえしてきた。

「よ、汚《よご》れちゃうよ」

「コーヒーのしみなんて、洗《あら》えば消《き》えるから」

わたしは強引《ごういん》に先生《せんせい》の手《て》にタオルを押《お》しつけた。

「……ご、ごめん。じゃあ。借《か》りるね。ありがと」

先生《せんせい》は、消《き》え入《い》りそうな声《こえ》でそう言《い》うと、わたしのタオルで自分《じぶん》の手《て》やシャツについたコーヒーのシミをふきはじめた。

「あ～あ、このネクタイ、クリーニングからおろしたばっかりだったのになあ」

ふきながら、先生《せんせい》がぼやく。

「俺《おれ》ってやっぱだめだなあ」

ふきおえたタオルを手《て》に、先生《せんせい》がうつむく。

「ずっと教師《きょうし》になりたいって思《おも》ってた。けど、あずみちゃんのことがあってから、やっぱ俺《おれ》って教師《きょうし》にむいてないのかなあって思《おも》いはじめてさ」

先生《せんせい》が、ふっとほほえんだ。

「……そんな！」

おどろいて顔《かお》をあげる。

すると先生《せんせい》は、わたしを制《せい》するようにそっと右手《みぎて》をあげた。

「あ、もちろん、あずみちゃんのせいだなんて思《おも》ってないよ。むしろ気《き》づかせてもらえてよかったって感謝《かんしゃ》してる。来年《らいねん》には教育実習《きょういくじっしゅう》、それから採用試験《さいようしけん》もあるからね。その前《まえ》に気《き》がつけてよかったなって……」

「甘《あま》ったれたこと、言《い》わないでよ！」

気《き》がつくと、わたしはさけんでいた。

「えっ」

先生《せんせい》がおどろいた顔《かお》でわたしを見《み》る。

「たった一度《ど》、塾《じゅく》の生徒《せいと》のわたしになにか言《い》われたくらいでいちいち落《お》ちこんでてどうするんですか！　だって、先生《せんせい》、わたしに言《い》ったでしょ。夢《ゆめ》は、教師《きょうし》になることなんだって」

「そ、それは……」

「小学校時代《しょうがっこうじだい》、クラスになじめないで絵《え》ばかり描《か》いていた自分《じぶん》に『標語《ひょうご》のポスターを描《か》いてくれないか』って声《こえ》をかけてくれた先生《せんせい》がいた。そのおかげで、自分《じぶん》にも特技《とくぎ》があるって気《き》がつけたって、いつも言《い》ってたでしょ。だから自分《じぶん》もその先生《せんせい》みたいに、『自分《じぶん》はなんにもできない』って思《おも》ってる子《こ》のいいところを見《み》つけてあげたいって言《い》ってたじゃない！」

言《い》いながら、涙《なみだ》がこみあげてくる。

「先生《せんせい》が、先生《せんせい》になるのをやめちゃったら、だれがその子《こ》たちのいいところを見《み》つけてあげるの？　勝手《かって》にあきらめちゃ、だめ！　その子《こ》たちのためにも、ちょっとくらいしんどいことがあってもあきらめないでよっ！　好《す》きなら、貫《つらぬ》いてよ！」

制服姿《せいふくすがた》でぼろぼろ涙《なみだ》を流《なが》すわたしと先生《せんせい》を、通《とお》りすぎていく人《ひと》たちが変《へん》な顔《かお》でふりかえって見《み》ている。

わたしは、あわてて制服《せいふく》の袖《そで》で涙《なみだ》をぬぐった。

「……あずみちゃん」

先生《せんせい》は、はあっと大《おお》きく息《いき》をつくと、メガネを指《ゆび》で押《お》さえて顔《かお》をあげた。

「そうだよな。こんなことで、あきらめてちゃ、だめだよな」

言《い》いながら、先生《せんせい》のメガネの奥《おく》の瞳《ひとみ》に涙《なみだ》が盛《も》りあがる。

「俺《おれ》の話《はなし》、ちゃんと覚《おぼ》えてくれてたんだね。……ありがと」

メガネを取《と》って、指《ゆび》でごしごし目《め》をこする姿《すがた》を見《み》て、ふっとほほえんだ。

忘《わす》れるわけ、ない。

だって、あのころのわたしは、先生《せんせい》が話《はな》してくれる言葉《ことば》ひとつひとつを大切《たいせつ》な宝物《たからもの》みたいに集《あつ》めていた。

先生《せんせい》が、大好《だいす》きだったから。

「も〜、先生《せんせい》、そんなんで泣《な》いてたら、マジで先生《せんせい》になんてなれないし！」

わたしが笑《わら》いながら言《い》うと、先生《せんせい》も鼻《はな》の頭《あたま》を赤《あか》くして笑《わら》った。

「今度《こんど》こそ、大丈夫《だいじょうぶ》。また落《お》ちこみそうになったら、今日《きょう》、あずみちゃんに言《い》われたこと思《おも》いだして、またがんばるから」

「ぜったいですよ？」

念《ねん》を押《お》したら、先生《せんせい》は顔《かお》をゆがませて笑《わら》った。

「なんか、あずみちゃんが先生《せんせい》で、俺《おれ》のほうが生徒《せいと》みたいだね」

わたしたちは、顔《かお》を見《み》あわせて笑《わら》った。

「……先生《せんせい》」

わたしは大《おお》きく息《いき》をすいこんでから言《い》った。

「わたしも、あきらめません。自分《じぶん》のせいで失《うしな》ったもの、もう一度《いちど》挑戦《ちょうせん》してみます」

「そっかあ」

先生《せんせい》は、うんうんと何度《なんど》もうなずいた。

「また、塾《じゅく》にも遊《あそ》びにおいで。中学《ちゅうがく》での様子《ようす》、教《おし》えてよ。このタオルも、洗《あら》ってかえさなきゃいけないし」

わたしは大《おお》きくうなずいた。

「はい、近《ちか》いうちに必《かなら》ず行《い》きます」

自分《じぶん》でもおどろくほど素直《すなお》に返事《へんじ》をすることができた。

のどの奥《おく》につっかえていたものが、するっと通《とお》りぬけたみたいに。
先生《せんせい》は目《め》を細《ほそ》めて何度《なんど》もうなずくと、
「待《ま》ってるね」
そう言《い》って、手《て》をふって塾《じゅく》への階段《かいだん》をあがっていった。
その背中《せなか》に、大《おお》きく手《て》をふりかえす。
そうだよ。
人《ひと》にえらそうなことばっかり言《い》ってるだけじゃ、だめだ。
わたしも負《ま》けてなんかいられない。
ここからぬけださなきゃ。
先生《せんせい》の姿《すがた》が見《み》えなくなると、わたしも歩《ある》きだした。

# 12 わたしの選《えら》んだ場《ば》所《しょ》

「で、どうするんだ？」

翌日《よくじつ》の放課後《ほうかご》、また担任《たんにん》の先生《せんせい》に呼《よ》びだされた。

机《つくえ》の上《うえ》に置《お》かれたプリントに目《め》を落《お》としたまま、ぎいっとイスにもたれる。

そこには、『転部届《てんぶとどけ》』と書《か》いてあった。

「毎日活動《まいにちかつどう》するのがいやなら、文化部《ぶんかぶ》って手《て》もあるぞ。前《まえ》も言《い》っただろ？　足立《あだち》や辻本《つじもと》が立《た》ちあげた『家庭科研究会《かていかけんきゅうかい》』とか、どうだ。部員《ぶいん》がふたりしかいないから、入部《にゅうぶ》したいと言《い》えば、大歓迎《だいかんげい》してもらえると思《おも》うぞ」

ずっとだまっているわたしに、先生《せんせい》がたたみかけるように続《つづ》ける。

先生《せんせい》の言《い》うとおり、わたしが『家庭科研究会《かていかけんきゅうかい》』に入《はい》りたいって言《い》ったら、夏月《なつき》たちは大《だい》歓迎《かんげい》してくれるだろう。わたしとしても、そのほうが気《き》が楽《らく》だ。

（……だけど）

『甘《あま》ったれたこと、言《い》わないでよ！』

五十嵐《いがらし》と、それから深田《ふかだ》先生《せんせい》にも、わたしはそう言《い》ってどなりつけた。

そのわたしが楽《らく》な道《みち》を選《えら》んでもいいの？

好《す》きなら、貫《つらぬ》かなきゃ。

そうふたりに言《い》ったじゃない。

わたしは、ぎゅっと自分《じぶん》の手《て》のひらをにぎりしめた。

「わたし、バレー部《ぶ》にもどります」

一息《ひといき》にそう言《い》うと、先生《せんせい》は、一瞬《いっしゅん》うなずきかけて、おどろいた顔《かお》でイスから背中《せなか》を起《お》こした。

「えっ、もどるって……。女子《じょし》バレー部《ぶ》にか？」

先生《せんせい》が、念《ねん》を押《お》すようにわたしにたずねる。

「はい」

わたしは先生《せんせい》の目《め》をまっすぐに見《み》つめてうなずいた。

先生《せんせい》は、しばらくの間《あいだ》わたしの顔《かお》を見《み》ていたけれど、よしと小《ちい》さくつぶやくと、またイスをぎいっといわせて立《た》ちあがり、ちらかった机《つくえ》の上《うえ》につみかさなるファイルの山《やま》をあちこちさぐりはじめた。

「ええっと、どこだっけ。ほとんど使《つか》わねえからなあ。……ああ、あった」

そう言《い》うなり、引《ひ》きぬいたファイルから一枚《まい》のプリントを取《と》りだすと、わたしの前《まえ》に差《さ》しだした。

『再入部届《さいにゅうぶとどけ》』

「顧問《こもん》の先生《せんせい》に、もう一度《いちど》入部《にゅうぶ》させてくださいって自分《じぶん》で頼《たの》みに行《い》け。まずはそこからだ」

わたしは先生《せんせい》からプリントを受《う》けとると、胸《むね》の前《まえ》でかかえた。

「……はいっ！」

わたしがそう返事《へんじ》をすると、

「おー、いい返事《へんじ》だ」

先生《せんせい》は腰《こし》に手《て》をあてて、にやりと笑《わら》った。

そのあとわたしはすぐに、バレー部《ぶ》の顧問《こもん》の先生《せんせい》に再入部《さいにゅうぶ》させてもらいたいとお願《ねが》いに行《い》った。

後日《ごじつ》、おかあさんが呼《よ》びだされて、放課後《ほうかご》に担任《たんにん》もまじえての四者面談《しゃめんだん》があった。

「あずみ、ホントに大丈夫《だいじょうぶ》？　無理《むり》してもどらなくてもいいんじゃないの？」

おかあさんは何度《なんど》もそうたずねてきたけど、わたしは自分《じぶん》の意志《いし》を貫《つらぬ》いた。

同《おな》じ学年《がくねん》の女子《じょし》たちはきっと全員《ぜんいん》知《し》っているだろうけれど、おかあさんにも、もちろん担任《たんにん》や顧問《こもん》の先生《せんせい》にも、退部《たいぶ》した本当《ほんとう》の理由《りゆう》は伝《つた》えていない。

だから心配《しんぱい》して言《い》ってくれているんだということはわかっていたけど、わたしはきっぱり言《い》いきった。

「もう卒業《そつぎょう》するまで、辞《や》めるなんてぜったい言《い》いません。三年間《ねんかん》、続《つづ》けます」

そう言《い》うと、先生《せんせい》たちは再入部《さいにゅうぶ》をみとめてくれた。

お母《かあ》さんは最後《さいご》まで心配《しんぱい》そうだったけれど、最後《さいご》にはしぶしぶ保護者印《ほごしゃいん》を押《お》してくれた。

ホームルームのあと、わたしはひとつ大《おお》きく息《いき》をついた。

今日《きょう》から、女子《じょし》バレー部《ぶ》に復帰《ふっき》する。

いくら決心《けっしん》したとはいっても、やっぱり緊張《きんちょう》する。

（……よし）

覚悟《かくご》を決《き》めて、かばんを持《も》って教室《きょうしつ》をでようとしたところで、

「あずみ」

うしろから声《こえ》をかけられた。

「今日《きょう》から、復帰《ふっき》するんだってね」

ふりむくと、なるたんもかばんを肩《かた》にかついでわたしのあとを追《お》ってきた。

「……うん」

もしかしたら、いっしょに行《い》こうって言《い》ってくれるのかも。

ちょっとだけ期待《きたい》したけど、

「じゃ、あとでね」

なるたんはそっけなくそう言《い》うと、わたしをぬかして先《さき》に行《い》ってしまった。

（……そりゃあ、そうだよね）

元《もと》はというと、わたしがなるたんにいじわるをしたのがきっかけで、夏月《なつき》も部活《ぶかつ》を辞《や》めたんだ。夏月《なつき》がわたしのことを許《ゆる》してくれたとはいえ、なるたんにまで許《ゆる》してもらおうなんて思《おも》うのは、いくらなんでも虫《むし》がよすぎる。

(こんなことで、いちいち傷《きず》ついてちゃだめだ)

わたしはかばんを担《かつ》ぎなおして、歩《ある》きだした。

わたしが今日《きょう》から復帰《ふっき》することは、顧問《こもん》の先生《せんせい》を通《つう》じてみんな知《し》っているはずだ。

きっとわたしのことを遠巻《とおま》きにながめるんだろう。

もしかしたら、前《まえ》みたいに練習《れんしゅう》にもまぜてもらえないかもしれない。

だけど、負《ま》けちゃだめだ。

これは、自分《じぶん》が今《いま》までやってきたことの当然《とうぜん》のむくいなんだから。

そこをのりこえなくっちゃ、本当《ほんとう》にやりたいことなんて見《み》つけられない。

ふるえそうになる足《あし》をなんとか奮《ふる》いたたせて、わたしは更衣室《こういしつ》へとむかった。

「……わ、ホントに来《き》た」

着《き》がえを終《お》えて体育館《たいいくかん》へ行《い》くと、みんなはわたしのことをちらちら見《み》ながら聞《き》こえるようにそうささやきあった。

わたしは入《い》り口《ぐち》でぺこりと一度《ど》頭《あたま》をさげた。

「今日《きょう》から、またよろしくお願《ねが》いします！」

大《おお》きな声《こえ》でそう言《い》って、おそるおそる顔《かお》をあげる。

「了解《りょうかい》。今度《こんど》はがんばってよ」

二年生《ねんせい》の新《しん》キャプテン・本庄先輩《ほんじょうせんぱい》がそう言《い》うと、二年生《ねんせい》の先輩《せんぱい》たちが、にこっとほほえんでくれた。

（ホッ）

いちおう先輩《せんぱい》たちも、わたしが一年生《ねんせい》の間《あいだ》でハブられて辞《や》めたことは知《し》っている。だけど、一年《ねん》と二年《ねん》ではそんなに交流《こうりゅう》がないからか、わたしがもどってきたこともさして興味《きょうみ》はないようだ。

ちらっと一年《ねん》のほうを見《み》る。

みんなさぐりあうように視線《しせん》をかわしたあと、ふいっとわたしから顔《かお》をそむけた。

（……やっぱ、そうだよね）

一瞬《いっしゅん》、気落《きお》ちしかけて、ぶるんと頭《あたま》をふる。

いいんだ。みんなの反応《はんのう》なんて、いちいち気《き》にしなくても。

とにかく今《いま》は一生懸命《いっしょうけんめい》がんばるだけ。

練習《れんしゅう》をしっかり真面目《まじめ》にやって、みんなにみとめられればいいんだから。

「さあ、練習始《れんしゅうはじ》めるよー」

本庄先輩《ほんじょうせんぱい》のかけ声《ごえ》に、みんながぱっと広《ひろ》がる。

最初《さいしょ》は、ふたり組《ぐみ》になってストレッチだ。わたしのまわりにはだれもいない。

わたしはひとりでその場《ば》に座《すわ》って、両腕《りょううで》を伸《の》ばした。すると、いきなり強《つよ》い力《ちから》でだれかに背中《せなか》を押《お》された。

「ほら、しっかり両手《りょうて》で足先《あしさき》持《も》って」

おどろいてふりかえる。

すると、なるたんが真顔《まがお》でわたしの背中《せなか》を押《お》していた。

「なるたん……」

「ほら、よそ見《み》しない！」

ぐいっ
なるたんはさっきよりも強《つよ》い力《ちから》でわたしの背中《せなか》を押《お》してくる。

「……イッタ！」

思《おも》わず声《こえ》をあげると、

「この程度《ていど》で痛《いた》がってるとか、休《やす》んでた間《あいだ》、ストレッチ、さぼってたんじゃないの？」

そう言《い》って、なるたんは、ぐいぐい背中《せなか》を押《お》してきた。

しばらくしてから、

「あのさ」

わたしの背中《せなか》を押《お》しながら、なるたんが続《つづ》ける。

「わたしの知《し》ってる子《こ》にも、自分《じぶん》がホントにやりたいこと、あきらめて後悔《こうかい》してる子《こ》がいるんだ。正直《しょうじき》、そばで見《み》ててじれったい。勇気《ゆうき》だせばいいのにって」

（……えっ？）

なんの話《はなし》だろうと耳《みみ》を傾《かたむ》ける。

「だから、あずみが勇気《ゆうき》だしてもどってきてくれてうれしい。がんばったんだね、あずみ」

背中《せなか》をぐいぐい押《お》していた力《ちから》が一瞬《いっしゅん》ゆるんで、ぽんと背中《せなか》を押《お》された。

わたしはつま先《さき》をしっかりつかみ、自分《じぶん》のひざ小僧《こぞう》に思《おも》いきり顔《かお》を押《お》しつけた。

そうじゃないと、泣《な》き顔《がお》を見《み》られそうだったから。

「……ありがと」

ひざに顔《かお》を押《お》しつけたままそう言《い》ったら、

「いいから、しっかり足先《あしさき》つかむ！」

なるたんは、さっきよりも強《つよ》い力《ちから》でわたしの背中《せなか》を押《お》してきた。

ファイッオー、ファイッ
ファイッオー、ファイッ
体育館《たいいくかん》に、なつかしい女子《じょし》バレーボール部《ぶ》のコールがひびきわたる。

わたしもひざに顔《かお》を押《お》しつけたまま、大《おお》きな声《こえ》でそのコールを口《くち》にした。


「じゃあね」

部活《ぶかつ》の帰《かえ》り道《みち》、大通《おおどお》りの交差点前《こうさてんまえ》でなるたんは表情《ひょうじょう》を変《か》えずにそう言《い》うと、公園《こうえん》のほうへむかって歩《ある》いていった。

ぴんと背筋《せすじ》を伸《の》ばして歩《ある》くそのうしろすがたを見送《みおく》る。

(さっき言《い》ってた『知《し》り合《あ》いの子《こ》』って、だれのことなのかな)

聞《き》きそびれたけど、なるたんのことだ。きっと、聞《き》いても言《い》わないだろう。

結局《けっきょく》、部活《ぶかつ》の間《あいだ》じゅうわたしと口《くち》をきいてくれたのは二年生《ねんせい》の先輩《せんぱい》たちとなるたんだけだった。

それでも、ちっともいやな気持《きも》ちにはならなかった。

それよりも、ひさびさに汗《あせ》をかいてすがすがしい気持《きも》ち。

これなら、なんとかやっていけそうだ。

(よおし、がんばるぞっ)

ひさしぶりの高揚感《こうようかん》に、スキップして歩《ある》きだしたら、キッとすぐそばでブレーキ音《おん》が聞《き》こえた。

「いよっ」

その声《こえ》にふりかえる。

思《おも》ったとおり、クロスバイクにまたがった五十嵐《いがらし》だった。

「なんかはりきって歩《ある》いてんじゃん。……あれ、体操服《たいそうふく》着《き》て、今帰《いまかえ》り？」

(ゲッ、スキップしたとこ、見《み》られた？)

わたしはあわてて視線《しせん》をそらした。

「い、いいでしょ、べつに」

「あー、もしかして、バレー部《ぶ》に復帰《ふっき》した？」

わたしを指《ゆび》さしてほがらかに笑《わら》う五十嵐《いがらし》に、「悪《わる》い？」と聞《き》きかえす。

「なんで？　いーじゃん。よかったなっ」

そう言《い》って、ぽんぽんとわたしの肩《かた》をたたく。

「だから、それやめてってば！　セクハラ！」

ふり払《はら》うようにして肩《かた》をまわすと、五十嵐《いがらし》があははと笑《わら》った。

(んもう、ホントこいつといると調子狂《ちょうしくる》う！)

「あんた、今《いま》からまたサッカーの練習《れんしゅう》？」

わたしが聞《き》くと、五十嵐《いがらし》はにこにこ笑《わら》ってうなずいた。

「うん。恒川《つねかわ》は家《いえ》に帰《かえ》るんだろ？　じゃあ、これからも部活《ぶかつ》、がんばれよ」

そう言《い》って、五十嵐《いがらし》がクロスバイクのペダルをぐるんとまわした。

「あっ、あの……！」

走《はし》りだそうとした五十嵐《いがらし》を呼《よ》びとめる。

「へっ？　なに？」

「ええっと……」

ここで、ありがとうって言《い》わなきゃ。

そう思《おも》うのに、はずかしくて言《い》えない。

深田先生《ふかだせんせい》のことも、バレー部《ぶ》のことも、それからこの中学《ちゅうがく》でがんばっていこうって思《おも》えたのも、ぜんぶ五十嵐《いがらし》のおかげ。

だから、ありがとうって伝《つた》えたいのに、どう言《い》えばいいのかがわからない。

「そういえばさー、おまえ」

五十嵐《いがらし》はペダルに足《あし》をかけたまま、リュックを背負《せお》いなおすと、ふりかえった。

「最近《さいきん》、南校舎《みなみこうしゃ》に来《こ》ねえのな」

「……ああ」

文化祭《ぶんかさい》をきっかけに、わたしは南校舎《みなみこうしゃ》に行《い》くのをやめた。

だからといって、夏月《なつき》たちと急《きゅう》に仲《なか》よくしているわけでもない。

実《じつ》を言《い》うと、ふたりはわたしに、お昼休《ひるやす》み、これからもいっしょにお弁当《べんとう》を食《た》べないかって誘《さそ》ってくれている。なるたんとまいまいも、いいよって言《い》ってくれているらしい。

だけど、わたしはその誘《さそ》いを断《ことわ》ってひとりでお弁当《べんとう》を食《た》べている。もちろん、教室《きょうしつ》で。

夏月《なつき》たちがわたしのことを気《き》にかけてくれてるからって、すぐに甘《あま》えるのもどうかなって思《おも》うのと、あと、やっぱりわたしはひとりでいるほうが気《き》が楽《らく》だから。

ひとりにされたって思《おも》うとしんどいけど、ひとりでいる自由《じゆう》を選《えら》んだって思《おも》うと、それだけで気《き》持《も》ちがすーっと楽《らく》になる。

「悪《わる》いけど、もう、あそこに行《い》くのはやめたんだ」

わたしが言《い》うと、

「なんだよ、俺《おれ》、ひとりでさみしいじゃん」

五十嵐《いがらし》がニヤッと笑《わら》ってそう言《い》った。

その言葉《ことば》に、どきっとする。

「ばっ、ばっかじゃない？　ひとりでスマホ見《み》とけっつーの」

わたしは顔《かお》が赤《あか》くなっているのを悟《さと》られないように、五十嵐《いがらし》を追《お》いこして歩《ある》きだした。

「っていうかさ、もう気軽《きがる》にしゃべりかけないでくれる？　文化祭《ぶんかさい》も終《お》わったんだし」

すると、五十嵐《いがらし》は地面《じめん》を蹴《け》ってわたしに追《お》いついてきた。

「はっ？　なんで？　俺《おれ》、なんか悪《わる》いことした？」

「そうじゃないけど！」

だって、クラスもちがうし、部活《ぶかつ》もちがう。

特《とく》に共通点《きょうつうてん》もない、それも男子《だんし》の五十嵐《いがらし》とわたしがしゃべっているのをみんなに見《み》られたら、ほかの子《こ》たちに誤解《ごかい》されちゃうじゃん！

（……それに）

わたしはこっそりと横目《よこめ》で五十嵐《いがらし》を見《み》た。

あんまりしゃべりかけられて、うっかり五十嵐《いがらし》のこと好《す》きになったりしたら、また深田《ふかだ》先生《せんせい》のときの二《に》の舞《ま》いだ。

ほかに好《す》きな子《こ》がいる人《ひと》のことなんて、もう好《す》きになんかならないんだ、ぜったいに！

（……あんまり、自信《じしん》ないけど）

「ふーん、まっ、いいじゃん。せっかく仲《なか》よくなったんだから！」

そう言《い》うと、五十嵐《いがらし》はぽんぽんとわたしの頭《あたま》をなでた。

「じゃ、また明日《あした》な！」

「ちょっとお！　それがセクハラだってなんべん言《い》ったらわかるのよ！」

あははと笑《わら》って手《て》をふり、遠《とお》ざかっていく五十嵐《いがらし》の背中《せなか》を見《み》つめる。

「……ありがと、五十嵐《いがらし》」

やっと言《い》えたその一言《ひとこと》は、青《あお》になった信号《しんごう》で一斉《いっせい》に走《はし》りだした車《くるま》のエンジン音《おん》にまぎれて、夕《ゆう》やみに消《き》えていった。


（おわり）

集英社みらい文庫

# キミと、いつか。

## “素直《すなお》”になれなくて

宮下恵茉《みやしたえま》　作
染川《そめかわ》ゆかり　絵

ファンレターのあて先
〒101-8050　東京都千代田区一ツ橋2-5-10　集英社みらい文庫編集部
いただいたお便りは編集部から先生におわたしいたします。

2018年3月28日　第1刷発行

発行者　北畠輝幸
発行所　株式会社 集英社
〒101-8050　東京都千代田区一ツ橋2-5-10
電話　編集部 03-3230-6246
読者係 03-3230-6080
販売部 03-3230-6393(書店専用)
http://miraibunko.jp
装　丁　+++ 野田由美子　中島由佳理
印　刷　凸版印刷株式会社
製　本　凸版印刷株式会社


ISBN978-4-08-321423-3　C8293　N.D.C.913　168P　18cm

『キミと、いつか。』略《りゃく》して、『キミいつ』って呼《よ》んでね

# キミいつ次巻予告《じかんよこく》!!

今度《こんど》の主人公《しゅじんこう》は、なるたん!! 3巻《かん》にでてくる2人《ふたり》のおはなしのつづきだよ★

若葉《わかば》と諒太《りょうた》、ふたりでむかえる初《はじ》めてのクリスマス!! なのに――!?

8巻《かん》目《の》は

2018年《ねん》7月《がつ》20日《にち》（金《きん》）発売予定《はつばいよてい》!!

6 ひとりぼっちの“放課後《ほうかご》”

7 “素直《すなお》”になれなくて

おかあさんの出産《しゅっさん》で、
若葉《わかば》は家事《かじ》や弟《おとうと》たちの
世話《せわ》に大忙《おおいそが》し。
部活《ぶかつ》も塾《じゅく》もしばらくお休《やす》み、
諒太《りょうた》に会《あ》う時間《じかん》もない。

鳴尾若葉《なるおわかば》

あずみのクラスメイト。さばさばした性格《せいかく》。
バレー部所属《ぶしょぞく》。

中嶋諒太《なかじまりょうた》

なるたん、石崎君《いしざきくん》と同《おな》じ塾《じゅく》。
なるたんのことが大好《だいす》き。

諒太《りょうた》は若葉《わかば》に、なにか
話《はな》したいことがあるみたい。
だけど、なかなか自分《じぶん》の
本当《ほんとう》の気持《きも》ちを
切《き》りだせずにいた。

おたがいを思《おも》いあっているのに、
すれちがってしまう——。
ふたりはクリスマスを
いっしょに過《す》ごせるの……!?

## 1～7巻《かん》も好評発売中《こうひょうはつばいちゅう》!!

1 近《ちか》すぎて言《い》えない“好《す》き”

2 好《す》きなのに、届《とど》かない“気持《きも》ち”

3 だれにも言《い》えない“想《おも》い”

4 おさななじみの“あいつ”

5 すれちがう“こころ”

# キミいつ♡タイムライン

KIMIITSU TIME LINE

「今《いま》、こんな恋《こい》しています！」、「こんな恋《こい》でなやんでます」など、みんなの恋《こい》バナ教《おし》えてね。

## 先生《せんせい》への相談《そうだん》レター

私《わたし》には小《しょう》1のころからずっと好《す》きな人《ひと》がいます。その彼《かれ》に4回《かい》告《こく》白《はく》して、全《ぜん》部《ぶ》フラれました。彼《かれ》は中《ちゅう》学《がく》受《じゅ》験《けん》をするので、同《おな》じ中《ちゅう》学《がっ》校《こう》には通《かよ》えません。一《いち》度《ど》でいいから両《りょう》想《おも》いになってみたいんです。宮《みや》下《した》先《せん》生《せい》、アドバイスをお願《ねが》いします!!

（小《しょう》6・らいらい）

## 宮下恵茉先生《みやしたえませんせい》より

6年間《ねんかん》もずっと同《おな》じ人《ひと》が好《す》きだなんて、らいらいちゃんはとっても一途《いちず》な女《おんな》の子《こ》なんだね。小学生《しょうがくせい》の頃《ころ》って、告白《こくはく》されたらうれしくても恥《は》ずかしい気《き》持《も》ちが大《おお》きくなっちゃうかも。中学《ちゅうがく》で離《はな》ればなれになっても、もっと成長《せいちょう》してから巡《めぐ》り合《あ》うことがあるかもしれないよ。その日《ひ》まで、いろんなことを経験《けいけん》して、ぜひ素敵《すてき》な女《おんな》の子《こ》になってください。

あなたの恋《こい》が物語《ものがたり》に――!?

# 『キミと、いつか。』、みんなの“胸《むね》きゅん恋《こい》バナ”大募集《だいぼしゅう》♡

『好《す》きになった彼《かれ》は、親友《しんゆう》の彼《かれ》だった』

『ずっと友達《ともだち》だと思《おも》っていた彼《かれ》から、まさかの告白《こくはく》!?』

など

「キミいつ」シリーズが、読者《どくしゃ》のみなさんのすてきな恋《こい》のエピソードを募集《ぼしゅう》します！　あなたの恋《こい》バナが、「キミいつ」のストーリーになっちゃうかも ?!

※いただいたエピソードが、そのまま物語《ものがたり》になるわけではありません。「キミいつ」のお話《はなし》に合《あ》うよう書《か》きかえさせていただきます。

片思《かたおも》いの人《ひと》も、両想《りょうおも》いの人《ひと》も、
「わたしの恋《こい》を“キミいつ”の物語《ものがたり》にして!」と
思《おも》う人《ひと》は、ぜひおたよりを送《おく》ってください!

採用《さいよう》させていただいた方《かた》のお名前《なまえ》は、
本《ほん》のあとがきでご紹介《しょうかい》します。
ペンネームを忘《わす》れずに書《か》いてね☆

〒101-8050
東京都千代田区一ツ橋《とうきょうとちよだくひとつばし》 2-5-10
集英社《しゅうえいしゃ》みらい文庫編集部《ぶんこへんしゅうぶ》
『キミと、いつか。』みんなの
胸《むね》きゅん恋《こい》バナ募集係《ぼしゅうがかり》

※ 送《おく》ってくれたおたよりは返却《へんきゃく》できません。
※おたよりに書《か》かれた住所《じゅうしょ》などの個人情報《こじんじょうほう》は使用《しよう》せず、一定期間保管《いっていきかんほかん》したあと廃棄《はき》します。
※ 採用《さいよう》された恋《こい》バナがふくまれた物語《ものがたり》が、映像化《えいぞうか》、音声化《おんせいか》など、別《べつ》の形《かたち》で発表《はっぴょう》されることがあります。ご了承《りょうしょう》ください。

4月《がつ》27日《にち》(金《きん》)
発売《はつばい》！
先《せん》パイ、出会《であ》って2度目《どめ》で
「つきあってくれないかな？」
って、この展開《てんかい》、急《きゅう》すぎません――!?
第《だい》5回《かい》集英社《しゅうえいしゃ》みらい文庫《ぶんこ》大《たい》賞《しょう》優《ゆう》秀《しゅう》賞《しょう》受《じゅ》賞《しょう》者《しゃ》の、みらい文庫《ぶんこ》デビュー作《さく》!!

# この声《こえ》とどけ!
## 恋《こい》がはじまる放送室《ほうそうしつ》☆

神戸遥真《こうべはるま》・作《さく》　木乃《きの》ひのき・絵《え》

自分《じぶん》に自信《じしん》のない中《ちゅう》1のヒナ。1年《ねん》1組《くみ》、おまけに藍内《あいうち》なんて名字《みょうじ》のせいで、入学式《にゅうがくしき》の新入生代表《しんにゅうせいだいひょう》あいさつをやることになっちゃった。当日《とうじつ》、心臓《しんぞう》バクバクで練習《れんしゅう》していたら、放送部《ほうそうぶ》のイケメン・五十嵐先《いがらしせん》パイが通《とお》りがかり——?　その出会《であ》いからわずか数日後《すうじつご》、ヒナは五十嵐先《いがらしせん》パイから、とつぜん告白《こくはく》されちゃって……??

放送部《ほうそうぶ》を舞台《ぶたい》におくる
部活《ぶかつ》ラブ★ストーリー!!

# 「みらい文庫《ぶんこ》」読者《どくしゃ》のみなさんへ

言葉《ことば》を学《まな》ぶ、感性《かんせい》を磨《みが》く、創造力《そうぞうりょく》を育《はぐく》む……、読書《どくしょ》は「人間力《にんげんりょく》」を高《たか》めるために欠《か》かせません。たった一枚《いちまい》のページをめくる向《む》こう側《がわ》に、未知《みち》の世界《せかい》、ドキドキのみらいが無限《むげん》に広《ひろ》がっている。これこそが「本《ほん》」だけが持《も》っているパワーです。

学校《がっこう》の朝《あさ》の読書《どくしょ》に、休《やす》み時間《じかん》に、放課後《ほうかご》に……。いつでも、どこでも、すぐに続《つづ》きを読《よ》みたくなるような、魅力《みりょく》に溢《あふ》れる本《ほん》をたくさん揃《そろ》えていきたい。読書《どくしょ》がくれる、心《こころ》がきらきらしたり胸《むね》がきゅんとする瞬間《しゅんかん》を体験《たいけん》してほしい、楽《たの》しんでほしい。みらいの日本《にほん》、そして世界《せかい》を担《にな》うみなさんが、やがて大人《おとな》になった時《とき》、「読書《どくしょ》の魅力《みりょく》を初《はじ》めて知《し》った本《ほん》」「自分《じぶん》のおこづかいで初《はじ》めて買《か》った一冊《いっさつ》」と思《おも》い出《だ》してくれるような作品《さくひん》を一所懸命《いっしょけんめい》、大切《たいせつ》に創《つく》っていきたい。

そんないっぱいの想《おも》いを込《こ》めながら、作家《さっか》の先生方《せんせいがた》と一緒《いっしょ》に、私《わたし》たちは素敵《すてき》な本作《ほんづく》りを続《つづ》けていきます。「みらい文庫《ぶんこ》」は、無限《むげん》の宇宙《うちゅう》に浮《う》かぶ星《ほし》のように、夢《ゆめ》をたたえ輝《かがや》きながら、次々《つぎつぎ》と新《あたら》しく生《う》まれ続《つづ》けます。

本《ほん》を持《も》つ、その手《て》の中《なか》に、ドキドキするみらい――。

本《ほん》の宇宙《うちゅう》から、自分《じぶん》だけの健《すこ》やかな空想力《くうそうりょく》を育《そだ》て、〝みらいの星《ほし》〟をたくさん見《み》つけてください。

そして、大切《たいせつ》なこと、大切《たいせつ》な人《ひと》をきちんと守《まも》る、強《つよ》くて、やさしい大人《おとな》になってくれることを心《こころ》から願《ねが》っています。

2011年《ねん》 春《はる》

集英社《しゅうえいしゃ》みらい文庫編集部《ぶんこへんしゅうぶ》